夜の雫

藍川 京

幻冬舎アウトロー文庫

夜の雫

夜の雫＊目次

露時雨《つゆしぐれ》　7
月光椿《がっこうつばき》　32
花《はな》　雫《しずく》　57
名残《なごり》の月《つき》　82
涅槃西風《ねはんにし》　115
戻《もど》り梅雨《づゆ》　147
黎《れい》　明《めい》　171
夜《よる》の伽羅《きゃら》　201
刻《とき》　238

露時雨《つゆしぐれ》

　紫式部の邸宅址に建つ廬山寺《ろざんじ》に、有坂祐一《ありさかゆういち》は四時十分前に到着した。

「お客さん、通ですね。のっけから廬山寺に行ってくれと言う人はほとんどいませんよ。あの紫式部ゆかりのお寺でしょう？」

　京都駅で拾ったタクシーの運転手に行き先を告げたときそう言われただけあって、靴箱にはハイヒール、紳士靴、草履が一足ずつしかなく、現在の入館者は三人しかいないことがわかった。

　紳士靴と草履の女がカップルで、ハイヒールの持ち主が宮野希和子《みやのきわこ》だろう。四時に廬山寺の源氏の庭で、と電話の希和子は言った。有坂の大阪出張を知った希和子は、新幹線なら二十分弱で着く京都のこの寺を、逢瀬《おうせ》の場に指定した。

　廬山寺なんて聞いたことないなと、そのとき有坂は首をかしげた。

『紫式部の育った邸宅があったところなんです。廬山寺は織田信長の焼き討ちをまぬがれて今の場所に移転したということですけど、かつては紫式部が源氏物語や紫式部日記を書いた場所なんですって。平安時代の雰囲気を表しているお庭を見ていると、とっても落ち着くの』

希和子はすぐにそう説明した。

本好きの希和子……。有坂はかつての希和子のホステスぶりを思い出した。

最初に会ったのは十三年前、まだ希和子が二十歳のときだった。水商売には不似合いな、素人っぽい可憐《かれん》な女で、スナックの客が冗談混じりに猥褻《わいせつ》な話をはじめると、さりげなく躱《かわ》し、決してそんな話に加わることはなかった。

猥褻な話には乗らない希和子が、本の話になると遠慮がちに口をひらいたものだ。詩や小説が好きなようで、店が引けたあと、ふたりで食事をしながら、いろいろな小説の話をした。そんな関係は一年ほど続いた。

有坂は源氏物語に関する展示物などを無視して、薄暗い廊下を歩いていった。希和子会いたさに気がはやる。さして広くない寺だけに、すぐに源氏の庭と呼ばれる枯山水の庭に出た。

庭園は撮影禁止になっている。庭を鑑賞するために腰掛けるようになっている座布団の置かれた場所に、白いスーツの女と背広の男が寄り添い、声を落として話をしていた。

草履の持ち主と紳士靴の男がカップルで、ハイヒールを履いてきたのが希和子だろうと予想していた有坂は、予想がはずれたことで落胆した。

ふたりから二メートルほど離れたところで、七宝模様を織り出した白い結城紬《ゆうきつむぎ》に、葡萄色《ぶどういろ》や茜色《あかね》、緑青色《ろくしょう》などの横縞《よこじま》の入った名古屋帯を締めた女が座っている。うなじのきれいな女だ。どこぞの金持ちの奥様か、クラブのママあたりだろう。

四時まであと五分。希和子が先に着いているだろうと思っていた有坂は、急に希和子は京都に来るのを断念したのではないかと疑問を抱いた。

『旦那さんは元気なの？』

『ええ』

希和子からの久々の電話に心を騒がせ、さりげなく連れ合いのことを探ったとき、希和子はそう返事した。

十二年前に会ったのが最後だが、それからも何度か、電話がかかってきた。今は母親になっているのが自然だろうし、そうなると、平日に家を空けるのは難しいはずだ。けれど、

『お会いできるなら泊まります』

希和子ははっきりとそう言った。人妻として大胆な発言だと、かつての可憐な女しか知らない有坂は驚いた。

希和子の仕事が終わって食事に誘った有坂は、三度目に、結婚を前提につき合ってくれと

頼んだ。すると、ごめんなさい……と、たちまち希和子は泣きそうになり、いっしょに住んでいる男がいると告白した。

商売上手のママに、男がいるということは絶対に客に言うなと言われ、今まで言えなかったのだとうつむいた。

水商売にはつきものの男を騙《だま》す手管を知らず、複数の男に躰《からだ》を許すこともできない希和子だった。有坂は希和子を抱けないとわかっていながら、それ以後も、呑《の》みに行くたびに食事に誘った。希和子の性格がわかるだけに、ホテルへ誘うことはなかった。

そんな希和子が、音信不通になって十年ほどたって、いきなり電話をかけてきた。それも、会えるなら泊まります、と言った。

今では妻子がいる有坂だが、ときには妻以外の女も抱いてきた。ついに希和子を抱けると思うと、そのときは降って湧いた幸福に心が躍った。だが、冷静に考えてみると、外泊するからといって、有坂といっしょに泊まるとは限らない。何か相談ごとがあるだけかもしれない。

だが、ともかく、会えるならそれでいいという思いが強くなった。いっしょにコーヒーを飲むだけでもいい。食事ができるならなおいい。

手持ち無沙汰《ぶさた》なので、入場料を払ったときにもらった簡単なパンフレットは読んだが、庭など鑑賞している余裕はなかった。それに、〈紫式部邸宅址〉という顕彰碑のほかは数本の松の木と、雲を模した苔《こけ》の緑があるだけで、最初はすっきりした庭だと思ったものの、じきに飽きてきた。

　時間は四時。廊下の方を気にして見るが、誰もやってこない。アベックはしばらくふたりで話をしていたが、ついに腰を上げた。そして、出口に向かった。

話し声も消え、着物の女とふたりだけになったとき、時計は四時十五分を指していた。

　やっぱり来られなくなったのか……。

腕時計を覗《のぞ》きながら、有坂はあと十五分で入館時間が終わると焦った。拝観は五時までだが、四時半になったら希和子は入れなくなる。そうなれば外で待ってみよう。そんなことを考えた。

　白い結城紬の女も腕時計を覗き、溜息《ためいき》をついた。こんなにいい女を待たせるとはどんな野暮テンだと、有坂は呆《あき》れた。廊下に立っていた彼は、アベックのいた場所に座ることにした。

　気配に気づいた女が、振り返った。

「あ……有坂さん」

　名前を呼ばれた有坂は、はっとして女を見つめた。

　彼の知っている希和子は、まだ十代のように見えてあどけなかった。それが、今は三十三歳になり、匂《にお》うような人妻に変身している。確かに希和子の面影がある。だが、圧倒されるほどの色気だ。全身の血が騒いだ。

漆黒の髪を上げた額の生え際の美しさ。きれいにカットして整えられた理知的な眉《まゆ》。青いほど澄んだ目と、深紅の紅を塗った濡《ぬ》れているような唇。もともと色白だったが、透けるような肌がみずみずしい。

「希和子さんか……まさか君とは思わなかった……四時前からそこに立っていたんだが」

有坂は廊下を指した。

「まあ……気づかなくてごめんなさい。私はてっきり、お仕事が抜けられなくなったのかと思っていました。商社は忙しいんでしょう？　さっきのおふたりの会話に消されて、足音も聞こえなかったんですもの」

希和子はクスッと笑った。けれど、有坂は希和子に気づかなかった二十分が貴重なものに思え、舌打ちしたいような気がした。

「夏の終わりにもここに来たんです。桔梗《ききよう》がたくさん咲いていて、ぜひお見せしたかったわ。でも、十月のお庭も見せたかったの。さっき、ちょっとの間、雨が降ったでしょう？　それでよけい風情のあるお庭になったわ。雪のお庭もいいでしょうね」

「ああ、なかなか趣のある庭だ」

希和子がいるとわかっただけで急に場が華やかになったようで、有坂はあらためてその背後の景色に目をやった。

京都駅に近いホテルに部屋を取っていた希和子にチェックアウトさせ、有坂はかつて泊まったことがある古い旅館に案内した。

何度か接客で使ったことがある旅館で、苔むした灯籠《とうろう》のある坪庭がいかにも時代がかっており、書院造りの各部屋ごとに裏庭がついている。二間続きの部屋も、もてなしも、京懐石も一流だ。

「駅の近くに、こんなステキなお宿があるなんて。まるでここだけちがう時間が流れているみたい」

凝った竹垣の、外の世界と遮断された裏庭を眺めながら、希和子は弾んだ声をあげた。

撫《な》で肩のほっそりしたうしろ姿を眺めていると、有坂はすぐに希和子を抱きたくなった。

帯を解《ほど》き、裸に剝《む》いて、白い肌を犯したい……。

それは、昔好きだった女だからというより、匂うように成熟した女を前にして、当然ともいうべきオスの欲求だった。

「突然の電話、びっくりしたよ」

「本社にお電話して尋ねたんです。輸入部の室長さんになってらっしゃるなんて凄《すご》いわ」

「ただの室長だ。何てことはないよ」

「いいえ、大企業ですもの。まだ四十一歳なのに立派だわ」

歳《とし》まではっきり覚えている希和子が意外で、有坂は感激した。

「わざわざ君をここに連れてきていながら、どうしても断れないつき合いがひとつ入ってるんだ。できるだけ早く逃げてくるようにする。だから、待っててくれないか。明日は一日大丈夫だ。食事の相手は女将《おかみ》に頼むから」

この最高のチャンスに、まだ仕事がらみのつき合いが残っている。自分のいない間に希和子が消えたりしないだろうかと、有坂は不安だった。

「有坂さんが出張中とわかっていながらきょうのお約束をしたんですもの。もちろん、お仕事の方を大事になさってね。すぐに行かなくちゃいけないのかしら」

「ああ。あと二十分ほどで。悪いな」

「いいの。待っています」

希和子が形のいい唇をゆるめた。

その魅惑的な唇に誘われるように、有坂は希和子を抱きしめ、唇を塞《ふさ》いだ。

唐突な口づけに焦った希和子は、最初、有坂を避けようとした。だが、すぐにおとなしくなった。

あのころの初《うぶ》だった女そのままに、希和子は受け身だった。歯茎の裏までまさぐりながら、絡め取った甘い唾液《だえき》を吸い上げると、希和子は熱い息を鼻からこぼしながら、背中にまわした腕の力を強めた。

鼻孔に触れる甘やかな匂いは、化粧や匂い袋から漂うものではなく、希和子が吐き出す息と、心地よい体臭だ。

またたくまに有坂の肉根は反り返った。

すぐに終わらせるから、とりあえず一度だけさせてくれ……。

そんな露骨な言葉が有坂の脳裏をよぎった。だが、そんな破廉恥《はれんち》なことを口にしようものなら、実行に移そうと移すまいと、希和子はさっさとこの宿を出て行ってしまうような気がしてならない。

有坂は希和子に腰を近づけた。勃起していることを悟られるのは照れくさい。それでも、生理的な男の苦痛をわかってほしい。こんなにほしがっているのだと訴えたかった。

唇を塞がれたままの希和子は、片手をそろそろと動かし、ズボン越しにそっと勃起に触れた。とたんに、くいっと肉根が膨張した。

口を塞がれたまま、希和子はさらに大きくなったふくらみを、愛《いと》しそうに撫でまわした。その刺激の弱い繰り返しの行為が、かえって有坂を燃え上がらせた。

「すぐに終わらせる……帯は解かないから」

初めての希和子との交わりがこういう形になるのは本意ではないが、ともかく、あと二十分弱で有坂は旅館を出なければならない。また大阪まで出かけなければならないのだ。

着物の裾《すそ》をまくりあげようとしたとき、希和子がその手を押しとどめた。

「いや……初めてなのに……そんなのいや」

掠《かす》れた声だった。だが、はっきり希和子の意志を伝えていた。

慌ただしいセックスはいやだと言っている。そして、当然といえば当然だが、有坂とひとつになることを承知している。有坂はますます希和子を抱きたくなった。

「帰ってきたらじっくりかわいがってやる。だから……な……男の生理はわかるだろう？」

ズボンから離れた希和子の手を取って、ふくらみに導いた。

「すぐに終わらせるなんて……そんなの……動物みたいで……いや」

希和子はきれぎれに言った。

やはりまずいことを口にしたかと後悔したとき、希和子が有坂の前にひざまずいた。そして、ズボンのジッパーを無言で下ろした。炊事などしていないようなしなやかな手だ。その手で剛棒をつかむと、やわやわとした唇をひらき、深々と咥《くわ》え込んだ。

有坂の口から短い声が押し出された。

意外な希和子の行動に、鈴口からカウパー腺液がしたたった。つい今しがた、受け身で口づけを受けていた希和子の行為とは思えない。

希和子はやわらかい唇で肉根をしごきながら顔を前後にゆっくりと動かすと、左手で肉の根元をしっかりと握りなおした。それから、まるでねっとりと糸を引くような感触で舌先を側面に這《は》わせたり、亀頭や肉傘の裏をちろちろと舐《な》めまわしたり、唇全体で側面をしごきたてたりした。

右手が皺《しわ》袋を揉《も》みしだきはじめたとき、有坂は妖《あや》しすぎる刺激に、早々と精を噴きこぼしそうになって歯を食いしばった。

どうしたんだ……。これは何なんだ……。

まるで蛹《さなぎ》から脱皮して、ちがう生き物に変身してしまったような希和子を見おろしながら、有坂は息が止まりそうだった。

長い睫毛《まつげ》をふるふると震わせながら、濡《ぬ》れたような紅を塗った唇で側面をしごきたてていく希和子。根元を握り締めている手。皺袋をもてあそんでいるもう一方の手。生あたたかい舌の動き。

有坂の内腿《うちもも》が震えてきた。息が荒くなり、鼓動も激しくなった。希和子の細い肩をグッとつかんだ。

「いくぞ！」

尻《しり》肉が硬直した。

躰を突き抜けた悦楽の矢が、希和子の喉《のど》に向かって精液を噴きこぼしていった。そのあと、弛緩《しかん》した尻肉がぶるぶると震えた。

白濁液を受けとめた希和子は、やがてこくっと喉を鳴らして、それを飲み込んだ。

希和子のことで頭がいっぱいだった。はやる気持ちに追い立てられながら、有坂が宿に戻ってきたのは、それでも零時近かった。約六時間も希和子を放っておいたことになる。

盧山寺で、着物の女が希和子と気づかなかった二十分が惜しく、地団太踏みたい気がしたが、六時間といえば、それとは比較にならない時間だ。十年も二十年も無駄にしたような気がして、有坂は焦って部屋に入った。

「お帰りなさい」

宿の浴衣《ゆかた》を着た希和子は顔を上げ、読んでいたらしい京都の観光案内の本を座卓に置いた。

髪を下ろしている。ふんわりとしたウェーブのかかった髪は肩下まであり、アップにしていたときより希和子をいくぶん若く見せた。

「新しいお湯を張っておいたんですけど、少しぬるくなったかしら」

希和子は座卓の下から、糊《のり》のきいた宿の浴衣とバスタオルを出した。

風呂に入ってさっぱりしたいのは山々だったが、有坂はもう待てなかった。六時間も昂《たか》ぶる気持ちを抑えていたのだ。ネクタイを抜き取って放り、すぐに希和子を押し倒した。

「待って！」

倒されたときに乱れた浴衣の裾を片手で直しながら、希和子はもう一方の手で有坂の胸を押した。

「待って……お風呂に……ね……お願い」

眉間《みけん》に小さな皺を寄せた希和子が、薄い紅のついた唇を動かした。

十月も半ば、いくら涼しい気候だったとはいえ、これから希和子と初めての夜を過ごすのだ。一日中動きまわっていた男がシャワーさえ浴びずに抱くとなれば、拒みたくなるのも当然だ。

「悪かった。さっと流してくる」

有坂は最後の自制をきかせ、浴室に向かった。檜《ひのき》の内風呂だ。

躰を流して戻ってくると、次の間で、希和子は布団に入って、目を閉じ、息をひそめていた。枕元《まくら》の和風スタンドだけが灯《とも》っている。その淡い光が希和子に影を落とし、白い顔をいっそう美しく浮き上がらせていた。

希和子に家庭のことは何も聞いていない。どうしていまさら有坂に電話する気になったのか。どうして夜を共にする決意までしたのか。

だが、有坂にはそんな理由などどうでもよかった。かつて愛していながら抱けなかった女が、みごとに蛹から蝶《ちょう》に変身し、自分の前に現れた。そして、身を任せるために横になっている。ほかにどんな理由がいるだろう。

傍らに忍び込んだ有坂は、自らひざまずいて口技をした夕方の希和子を思い出しながら、肩を抱いて軽く唇を塞いだ。

やわやわとした唇を舐め、吸い上げていると、希和子も遠慮がちに舌を動かしはじめた。有坂はその舌を捕え、吸い上げた。

くぐもった声を上げた希和子が、身悶《みもだ》えした。

有坂は唇を覆ったまま、浴衣の胸元に手を入れた。

つきたての餅《もち》のようにやわらかいふくらみを握りしめたとき、希和子の総身が跳ね上がるように硬直した。

はじめて希和子の躰に触れた有坂は、やさしすぎる肉の塊が掌《てのひら》の中で溶けてしまいそうな気がした。顔を離し、両手で胸元を大きく左右に割った。

「いや……」

拒絶になっていないあえかな言葉と、こぼれ出た白いふたつの乳房に、有坂の肉根は激しく反応した。

さほど大きくない乳首を口に含むと、たちまち果実はしこり立った。吸い上げ、転がし、甘嚙《が》みした。

肩先をぎゅっとつかんだ希和子が、すすり泣くような喘《あえ》ぎを洩《も》らした。若い女には真似できない、熟した女の艶《つや》やかな反応だ。感じている自分を抑えようとしているのが伝わってくるだけに、大胆な女より、いっそうオスの欲望がそそられる。

もっと声を上げさせてみせる。そんな気持ちにさせる希和子の喘ぎだ。

コリコリしている果実の反応を楽しみながら、一方で、浴衣の裾をまくり上げ、女の中心に向かって指を滑らせていった。

「だめ！」

身を任せていた希和子が、ふいに我に返ったように、太腿を這い上がってくる手を拒んだ。それを押しのけ、有坂は進んだ。

「待って。だめ」

ついに希和子は両手で有坂の片手を押し返した。そうなると、希和子の望みとは裏腹に、逆に有坂は禁断の園に分け入るための力を増した。

「待って。ね、待ってちょうだい」

いまさら何を言い出すのだと、哀願しているような希和子の必死な表情を見おろしながら、有坂はその言葉の意味を探った。

この期《ご》に及んで深い関係になるのはやめたいと言い出すのか。夫や子供を裏切れないと言うのか。そもそも、急に会う気になったのはどういうことか。瞬時に雑多な思いや疑問が駆け抜けていった。

「いやになったのか……だけど、熱くなってるじゃないか。そこだって、とうに濡れてるんだろう？」

まだ女貝まで行き着いていない有坂でも、希和子のこれまでの反応で、そのくらいは想像できた。

有坂の言葉に羞恥《しゅうち》の色を浮かべた希和子は、

「きっと……びっくりするわ……何て言われるか……恐《こわ》い」

意味のわからないことを言い、布団の中で裾を直した。

有坂は布団を剝《は》ぎ取った。そんな邪魔なものがあるから、希和子は躰だけでなく、心も裸になれないのだ。

ひとつの防御壁をなくして慌てている希和子の両手首を片手でつかみ、胸のあたりで押さえつけた。それから、裾を大きくまくり上げた。

「いやあ！」

ようやく希和子が本気になって暴れだした。

下着はつけていないかもしれないと思っていたが、ベージュ色のショーツを穿《は》いていた。

「待って。お願い、待って」

「何を待つんだ。うん？」

逃れようと躍起になっている希和子に、何を言われても聞き入れるものかと決めている有坂は、獣の目で尋ねた。

「もう少し待って。ね、もう少しだけ」

乳房を波打たせ、息を弾ませながら、希和子は押さえつけられている手首を自由にしようともがいていた。

「あのころとはちがうんだ。だから、君はここにいるんだろう？　いまさら子供のようなことを言ったって聞き入れるわけにはいかないな」

初めて結ばれようとしているだけに、思いきりやさしくしてやりたいと思っていた。だが、ようやく思いを遂げさせてくれるかと思っていれば、ふいに拒絶しようとする希和子を見て、ぞんぶんにいたぶってやりたくなった。

ショーツをぐいっと引き下ろした。

「だめェ！」

尻を振りたくるようにしながら、希和子がずり上がった。ショーツは途中で止まっているが、黒い翳《かげ》りが目に入った。翳りを撫《な》で、柔肉のあわいに指をこじ入れた。

「あうう……そっと触って……そっと触ってちょうだい」

まだあらがいを見せながら、それでも、希和子はそう言った。

翳りを載せた肉のふくらみの内側の、ねっとりした花びらに触れたとき、有坂は興奮と感激に荒い息を噴きこぼした。だが、二枚の花びらを辿《たど》ったとき、異物の感触に指が止まった。

「ピアス……ピアスをしてるの……」

すぐには希和子の言葉の意味がわからなかった。

「はずせないの……だって……はずせないようにリングを接合されてしまったの……切断すればはずせるけど……叱られるもの」

花びらにピアスをしているとわかり、有坂は驚いた。希和子はこのことを言い出せずに拒んでいたのだ。言葉の感じから、どうやら希和子の意志ではなく、男の意志のようだ。

「なぜ拒まなかったんだ」

「だって……」

白っぽい結城紬の似合う希和子の女園にピアスが施されているなど、想像することさえできなかった。それを知った後でも、希和子を抱く思いに変わりはないが、どうでもいいと思っていた希和子のこの十年や今の生活を、有坂はどうしても知りたくなった。

「それだけ夫を愛しているということか。だから、どんなことを求められても拒めないということか。水商売をしていても、決して浮気はしなかったしな」

ようやく昔の女を抱けると単純に悦《よろこ》んでいた有坂だが、連れ合いへの嫉妬《しっと》が湧いた。

知り合ったとき、希和子はその男と同棲《どうせい》中で、まだ正式の妻ではなかった。しかし、そのために操を立て、心を打ち明けた有坂に抱かれることなく終わったのだ。

そして、今、その男によって花びらに穴をあけられ、リングを通され、はずせないように接合までされているという。

妻にならば何をしてもいいのかと、男への嫉妬と憎悪が増長していった。

「昔、いっしょに暮らしていた人とは別れました。私、夫はいないんです……」

有坂は耳を疑った。

「電話で旦那さんは元気かと尋ねたら、元気だと言ったじゃないか」

「旦那様っていうのが夫とは限らないでしょう……？」

有坂の視線を避けるように睫毛《まつげ》を伏せて、希和子がこの十年をぽつりぽつりと語りだした。

有坂と知り合ったころにいっしょに暮らしていた男は、希和子にとって初めての男だった。男のやさしさに結婚を考えた。だが、男は高卒後の五年間に四回も職を転々としていた。希和子の両親は結婚に反対した。希和子は男と両親の狭間《はざま》で悩んだが、とうとう家を出て同棲をはじめた……。

「最初は私のために必死に働いてくれてるように見えたわ。でも、彼はまた仕事をやめてしまったの……」

だから希和子は、男の次の職が決まるまでは、何とか今の生活を守っていかなければならないと、昼だけでなく、夜も働きはじめた。

男は、昼夜働くより、夜だけの方が効率がいいし、躰も楽だろうと言った。夜だけ働くようになると、男は、ふたりでスナックをはじめるのもいいなと言うようになった。それには資金がいる。家出して親の援助を受けられない希和子は、男の夢を叶《かな》えたいと、給与のいいクラブに店を替わった……。

有坂と希和子が音信不通になったのはそのころだ。会社への不定期的な希和子の電話もなくなった。

「必死に働いてお金を貯《た》めようとしたわ。でも、彼は商売するには勉強しなくちゃならないって、毎晩、あちこち呑み歩いて……だから。いくら稼いでも、お金なんて貯まらなかったわ……」

希和子の稼ぎで呑み歩いていた男は、ギャンブルに手を出して負債を負った。男は希和子に泣きついた。そうなって初めて希和子は、両親が心配していた通りの碌《ろく》でもない男だったことに気づいた。男は希和子に稼がせ、遊んでいるだけだったのだ。

男に支払い能力がないと知ったヤクザは、希和子に目をつけた。脅された希和子は懇意にしてくれていたクラブの客にことの次第を打ち明けた。

「お金を出してやるって言ってくれたわ。そのかわり、きっぱりと男と別れろって。そして、自分の女になってほしいと……」

希和子は無理に唇をゆるめた。

「ある会社の社長さん。とても可愛がってくださるわ……ラビアピアスでもわかるでしょうけど、ちょっとアブノーマルなところもある方。もちろん……妻子のある方。でも、都心に私名義のマンションも買ってくださってるわ」

　希和子が誰かの愛人になっている……。有坂はすぐには信じられなかった。だが、希和子がそんな嘘《うそ》をつくはずがない。

「本当は、彼と別れようと思ったとき、あなたの名前を電話帳で調べて、ご自宅にこっそり伺ってみたの。ベランダに赤ちゃんの服が干してあって、ああ、結婚されたんだなってわかって、社長さんのお世話になる決心がついたの。それで、彼の借金もきれいにしていただいたの」

　そのとき、有坂がまだ結婚していなければ、希和子は有坂に救いを求めただろうか。いっしょに暮らすことになっただろうか。

「どうして今になって俺と……」

「今の人はとてもいい方。でも、その人を愛してはいない自分がわかるの。だから、家庭を持ったあなたとわかっていながら、昔のやさしさを思い出して、恋心がつのっていったの。そして……今のうちにあなたに抱かれておきたいと思うようになったの。歳《とし》を重ねて醜い躰にならない今のうちに……」

　自分を恥じるように目を伏せた希和子の浴衣は、いつのまにか整えられていた。

「私を初めてお食事に誘ってくださったとき、あなたはふたりで京都を歩いてみたいとおっしゃったわ。だから、こんなにいい機会はないと思ったの……でも、そんな昔のことなんて、とうに忘れてらっしゃるわね？　いまさら浅はかでした」

確かにそんな言葉は忘れていた。だが、それだけに、有坂は希和子が愛しくてならなかった。

露時雨《つゆしぐれ》。

その言葉が、ふっと有坂の脳裏に浮かんだ。

人妻とわかっていながら愛さずにはいられず、やがて家庭を壊してしまった大学時代の友人に聞いた言葉だ。

『秋の空気のすがすがしさに目が覚めて旅館の窓を開けると、緑が、一面にきらきらと輝く朝露で覆われていたんだ。それまでも何度も目にしていたはずなのに、人を好きになって初めてその美しい景色に気づいた。感激した俺は、女の傍らからそっと抜け出して、宝石のような草むらに分け入った。すると、草の露がこぼれて、服や足元をびしょびしょに濡らしたんだ。まるで時雨に遭ったときのような濡れ方で、それを露時雨というのをあとで知った』

まだ家庭が壊れる前の友人は、そう説明して唇をゆるめた。

『美しいと思って踏み込むと、そうやってずぶ濡れになることがある。女のことだがな。だが、濡れるとわかっていてもただ眺めているだけじゃ、我慢できないんだよな』

そして、友人はとうとう家庭を壊した。結果的に、やがて人妻は夫の元に戻っていった……。

「朝まで寝かせないぞ。覚悟しろよ」

希和子を引き寄せた有坂は、乱暴に浴衣を剝ぎ取った。今度は希和子は拒まなかった。ショーツを抜き取り、白い太腿を大きく割った。

薄明かりのなかでも、色素の薄いきれいな器官だとわかった。楚々《そそ》とした花びらに、直径一センチほどのシルバーのリングが下がっている。

初めて見るラビアピアスに目を凝らしながら、有坂はこわごわそれを揺らしてみた。むずかるように希和子が腰をくねらせた。

男の所有を誇示するようにつけられたピアスのあたりを、有坂はことさら丁寧に舐めまわした。

「はあっ……」

すすり泣くような切ない声に、有坂の剛棒がひくついた。

太腿をさらに押し上げ、二枚の花びらだけでなく、肉の豆やゼリーのような聖水口、透明な蜜《みつ》の滲《にじ》みはじめた秘口、硬くすぼまったうしろのすぼまりまで舐めあげた。

舌を動かすと破廉恥な音がする。そのたびに希和子が声を上げた。

希和子の肉を燃え上がらせ、ピアスではなく、この舌や指や剛棒で忘れられない印をつけてやる……。

熟れた女の喘ぎを聞きながら、有坂は露で輝く一面の緑のなかに踏み込んでいく自分を感じた。

月光《がっこう》 椿《つばき》

「ね、だめ。まだだめ……」

性急に着物の懐《ふところ》に手を入れてきた怜吾《りょうご》を押しのけ、文香《ふみか》は躰《からだ》を離そうとした。

華道教室を開いている文香のマンションには、週に五日、生徒達がやってくる。午後の部も終わったが、まだ時間は早い。稽古《けいこ》が終わったとはいえ、いつ生徒が引き返してこないとも限らない。そんなことは滅多にないが、文香は落ち着かなかった。

「生徒が……」

「もう終わったじゃないか」

怜吾の指が乳首を揉《も》みしだきはじめた。

「だめ……」

不安はあるが、本気で拒むつもりもない。すぐに乳首のあたりから総身に向かって、切ない疼《うず》きが広がっていった。鼻から熱い息がこぼれた。乳首はこりこりと硬くしこって立ち上がった。

文香は二十八歳になった。怜吾は五十三歳。髪に白いものがまじっている。父と娘というほど歳《とし》の離れたふたりが不倫の関係になって、かれこれ三年近い。

最初はラブホテルで逢瀬《おうせ》を重ねていたが、文香が出入りのとき、人の目を気にしていやがった。文香は二年前に未亡人になった。それからは、マンションで関係を続けるようになった。そして、怜吾はときおり、生徒がいるときも顔を出すようになった。

『伯父さんなの。よろしくね』

文香の言葉を生徒の誰も疑わなかった。それをいいことに、怜吾は徐々に大胆になってきた。スリルを楽しんでいるふうにも見えた。

「だめ……」

記号となった甘ったるい言葉が、またぷっくりした唇から洩《も》れた。

喘《あえ》ぐ乳房と熱くなっていく肌、噴きこぼれる湿った息に、怜吾は昂《たか》ぶった。しこった乳首を挟んでいる指をこすり合わせた。

「痛い……」

文香はぬらりとした白い歯を見せて、端正な顔を歪《ゆが》めた。

火照《ほて》った顔とほつれ毛が、文香を色っぽく見せている。訴えるような視線で見つめられると、怜吾はかえって荒々しい気持ちになる。遠い昔、力ずくでメスを組み敷いた記憶が甦《よみがえ》ってきそうになる。

自分が生まれる前、人間ではなく、一匹の獣として生きていたころの記憶が片隅に残っていて、ときおり文香がその記憶を手繰《たぐ》り寄せるのではないかと思うときがある。

怜吾はねっとりと責めていた乳首をつまみあげた。

「痛っ。いやっ」

泣きそうな顔が怜吾を見つめた。そんな顔を見ると怜吾の血はいっそう騒ぐ。いやと言いながらオスを誘っている一匹のメスの顔だ。

怜吾は荒い息を吐きながら文香の唇を塞《ふさ》いだ。そして、懐から出した手を着物の裾《すそ》に割り込ませた。文香がその手を拒もうとあらがいはじめた。

顔を離した怜吾は文香の両手をつかんで押さえ込み、竹の子の皮を剝《む》くように裾をめくっていった。

「いやっ！　だめっ！」

最後はおとなしくなるくせに、文香は毎回こうやって抵抗する。身をまかせたかと思うとあらがい、やがておとなしくなり、また抵抗をはじめる。それだけに、文香との行為は、いつも強姦《ごうかん》まがいだ。だが、本気であらがっているようでいてそうでないのは、頃合《ころあい》を見計らって怜吾に勝ちを譲ることでわかる。

抵抗することで、文香は自分のM性を満足させている。抵抗しながら蹂躙《じゅうりん》されることにひそかな悦《よろこ》びを覚えている。怜吾にはいつしかそれがわかるようになった。

着物の次に、桜の花びらを散らしたピンクの長襦袢《じゅばん》をめくった。紅《あか》い湯文字が現れた。

白い木綿の湯文字をつけていた文香に、紅いものをつけてくれとせがんだのは怜吾だ。最初は渋った文香だが、ここ一年、夏の薄物を着るとき以外、怜吾が訪れることがわかっていれば紅い湯文字をつけている。

怜吾は激しい運動をしたあとのような荒い息を吐きながら、太腿《ふともも》をつつんでいる湯文字をめくり上げた。産毛一本もないようなつるつるした白い太腿が現れ、破廉恥に怜吾の目を射た。

「だめっ。誰か来るわ。いやっ」

乱れた裾を直しながら、文香は尻であとじさった。

腕をつかんで引き寄せ、押し倒した。

短い声をあげた文香は、怜吾の胸を押し上げた。

文香の手を自分の胸で押さえ込んだ怜吾は、ふたたび湯文字のなかに手を入れた。着物を着慣れている文香は、湯文字以外の邪魔なものはつけていない。汗ばんだ太腿が淫靡《いんび》な空気を含んでいる。

腰を振ってあらがう文香だが、やがて怜吾の指先は湿った翳《かげ》りに触れた。そして、そこまで来ると、次は難なく柔肉のあわいに辿《たど》りついた。文香の総身がぴくりとした。

「濡《ぬ》れてる。こんなに。これを知られるのが恥ずかしかったんだろう。えっ？　文香、どうなんだ」

昂ぶった口調で尋ねると、文香は泣きそうな顔でくすっと鼻を鳴らした。戸惑いと羞恥と怜吾を責めるような顔がない交ぜになっている。そんな顔をされると、怜吾はますます文香を責めたくなる。

「おとなしそうな顔をしていながら、文香はいやらしい女なんだ。漏らしたようにこんなに濡れて」

合わせ目からさらに中心に向かって指を進めた。

「あう」

臀部《でんぶ》がひくっと跳ねた。

生あたたかい女壺の襞《ひだ》が、独立した生き物のように、じんわりと怜吾の指を締めつけてくる。文香の〝女〟はそれほど男をほしがっていた。男のものに比べれば細すぎる指にさえ、必死に吸いついてくる。

怜吾はうしろめたさを感じた。精神的には昂ぶるだけ昂ぶり、文香の躰を一突きにしたいと思っている。それなのに、肝心のものは萎《な》えていた。

三年前、文香はまだ人妻だった。結婚を機に怜吾の経営する深山会計事務所を退社したが、相談したいことがあると、二年ぶりに事務所に顔を出した。

『バブルがはじけたせいで、とうとう夫の会社も倒産したんです。もともと好きだったお酒を浴びるほど呑《の》むようになって……暴力をふるうんです……ほら』

溜息《ためいき》をついた文香は、夫につけられたという腕の傷を見せた。

最初の日は耳を傾けるだけだった怜吾が、二度目に文香がやってきたとき、強引にホテルに連れ込んだ。

『一昨年、交通事故を起こしたんだ。自分が悪いんだから誰にも文句は言えない。だけど、きみとなら、もしかして……頼む』

不能になったという屈辱の秘密を聞かされた文香は、処女のように不器用な愛撫《あいぶ》で、手や口を使って、懸命に男の証《あかし》を慰めようとした。

だが、ついに機能は回復しなかった。

それから文香は夫に怯《おび》えながらも、怜吾と逢瀬を重ねるようになった。お互いへの憐憫《れんびん》が愛情に変わるのに時間はかからなかった。

それから一年ほどして、文香の夫は泥酔してホームの階段から足を滑らせた。打ち所が悪く、即死だった。そのとき怜吾は、これで文香の心と躰の傷が癒《い》えるとほっとした。

文香の方は、離婚を言い出す機会を窺《うかが》いながら暴力に怯える生活をしていたとはいえ、怜吾との不倫のうしろめたさがあったのか、一周忌が来るまで会うのはよそうと言った。だが、ふたりとも三カ月が限界だった。

それから半年後、文香は師範の腕を生かして華道教室をひらいた。

「あっ……」

熱くぬかるんでいる秘肉に埋もれた指をゆっくりと動かすと、文香は甘い喘《あえ》ぎを洩らしながら尻をくねらせた。

文香の上半身をしっかりと胸に抱きこんで、怜吾は秘口に入れた指を奥まで進めた。そして、引き戻した。また差し入れ、襞を探った。あとは単純に出し入れした。

愛液があふれ、指の動きとともに恥ずかしく淫猥《いんわい》な音を出すようになった。

「いや……」

文香は太腿を合わせようとした。

指でいじりまわされ、こうして恥ずかしい音がするようになると、文香のなかで、その行為を拒もうとする気持ちと、もっと淫《みだ》らになりたいという気持ちがせめぎ合う。

怜吾はねちっこく淫猥に指を動かした。

「ああ、パパ……そこ……」

総身をくねらせながら、文香はすすり泣くように喘いだ。

かつて社長と呼んでいた男とこんな関係になり、文香は怜吾の呼び名に困っていた。

『父親みたいな歳だが、お父さんじゃ変だろうから、パパとでも呼んだらどうだ』

怜吾は冗談で言ったつもりだったが、文香はこんな行為の最中だけ、子供のようにパパと口にするようになった。

「熱い……」

顔をあげた文香は、疼く総身に悶《もだ》えながら、怜吾の唇を自分からがむしゃらに求めた。

どこまでも熱く滾《たぎ》っていく肉の壺を、怜吾は指で執拗《しつよう》にもてあそんだ。むずがるように腰がくねくねと動く。もっと、と催促しているようだ。

指を出すと、周囲もすっかりぬめついている。怜吾はゼリーのような外側の器官を揉みしだきはじめた。

むさぼっていた唇から顔を離した文香は、汗ばんだ顔を色っぽく歪め、口を半びらきにして嗚咽《おえつ》するような声を鼻から洩らした。

「そんなにいいのか」

もっとも感じやすい肉の豆に触れると、あん、と声をあげた文香の腰が、ぴくりと緊張した。

壊れ物を扱うようにそこをそっと揉みしだきはじめると、喘ぎながら文香は背をのけぞらせ、やがて畳を支えるように手をつき、最後はしどけなく仰向けに横たわった。

片足は真っ直《す》ぐに、もう片方は膝《ひざ》を曲げて内腿を合わせるようにしている。だが、それも時間がたつうちにひらいていった。

怜吾は尖《とが》りをもてあそびながら、腰に絡みついている大島と長襦袢を、紅い湯文字ごと、もういちど大きくまくり上げた。蘇芳《すおう》色の名古屋帯がきっちりと締まり、穿《は》いている足袋《たび》が白いだけ、剝かれた下半身と乱れた襟元は淫らさを増した。

ゆっくりと肉の実をもてあそぶ怜吾に、文香は声をあげながら腰をくねらせた。文香が焦《じ》れているのはわかっている。わかっていながら、わざと指の動きを遅くする。焦れている文香の表情を見るのが楽しい。そして、やがて文香の唇から出てくる言葉が待ち遠しい。

尖りから指を離した怜吾は、縮れの少ない薄めの翳りを撫《な》でまわした。

昂まりを中断された文香は落胆の声をあげ、尻をもじつかせた。白い足袋につつまれた親指を動かし、第二指と擦《こす》り合わせている。

「生徒が戻ってくるとまずいんだろう？　つづきはコーヒーでも飲んでからにしよう」

「いや……して」

おねだりという言葉がぴったりの、今にも泣き出しそうな顔だ。この言葉を聞くと、怜吾はいつも震えそうになる。文香を完全に手中に収めたような気になってしまう。

「何をしてほしいんだ。うん？」

極める一歩手前で放り出された女の半煮えの総身がもどかしくてならず、文香は恥ずかしさを忘れて臀部を淫らにくねらせた。

「ね、して……」

「何を」

「意地悪……オユビで……ね」

妻には求むべきもない初々《ういうい》しさで文香がねだる。こんなとき、怜吾は愛《いと》しさのあまり、細い首を締めてしまいたくなる。

「早く、オユビ……」

もどかしげに喘いだ文香は、ついに怜吾の指を取り、自分の尖りに導いた。

「して。意地悪しないで。これ以上意地悪したら、旅行には行かないから……ほんとよ。ほんとに行かないから」

指を動かさない怜吾に、文香は恨みがましい顔で言った。

「指はやめだ」

怜吾は太腿の間に頭を突っ込んだ。

「いやっ！　だめっ！　だめっ！」

ただでさえ汗ばんでいるそこを、怜吾は口で触るつもりだ。教室を終えたばかりで、まだシャワーも浴びていない。文香は一転して激しく拒んだ。怜吾の頭を押しながら、尻でずり上がっていった。

文香の抵抗に、整えられていた怜吾の髪はくしゃくしゃになり、薄くなっている部分があらわになった。脂と汗でねっとり光っている額に、灰色の髪がこびりついた。

だが、どんなに文香があらがっても、怜吾はつかんでいる腰を放さなかった。

くらくらするメスの匂《にお》いがこもったそこに、怜吾の舌が這った。

短い声を上げると同時に、文香の尻が跳ねた。

充血してぷっくりしている部分を、怜吾の生あたたかい舌が幾度もなぞった。敏感な尖りを唇に含んで吸い上げた。

「あうっ！」

男のものに突かれないまま昇りつめた文香が、白い顎《あご》を突き出し、大きく口をあけた。

秘部に透明な液がしたたっている。秘口をひくひくと痙攣《けいれん》させながら、文香の総身が弓なりになって打ち震えた。

「まあ、月光椿《つばき》だわ」

通された旅館の部屋で、文香は職業柄、真っ先に床の間の花に目をやった。

備前の花入れに、月光椿は雲龍柳《うんりゅう》とともにさりげなく飾られている。赤い花弁は藪《やぶ》椿に似ているが、白い芯《しん》が大きく、ほっくらしている。

「まあ、よくご存じで。奥様は椿がお好きですか？　お着物も椿の柄で」

「えっ？　ええ……」

奥様と言われた文香は戸惑い、そのあとすぐに唇をゆるめた。

単色に見える白い結城紬《ゆうきつむぎ》には、よく見ると、ごく淡い椿の花が霞《かすみ》がかったように織り出されている。黒地にすっきりした白い刷毛《はけ》引きの名古屋帯を締めた文香は、乳房のやや上まである黒髪を引っつめにして、しっとりと落ち着いて見えた。

「月光椿とはいい名前だな」

怜吾も椿を見つめた。

「花弁が同じでも、芯が紅いものもあって、それは日光椿《じっこうつばき》と呼ばれておりますが、奥様はご存じでしょうね」

「ええ……あまり詳しくはありませんけど」

控えめな文香は年輩の仲居に、華道の師範で生徒を教えていることは話さなかった。できるだけ目立たないようにしたい。それが不倫の関係で宿にいる文香の思いだった。月光椿の名前を自分から口にしたことさえ後悔していた。

この宿の客室は数寄屋造りで、すべて離れになっている。文香の二十八歳の誕生日のプレゼントに、怜吾が旅行を提案した。

どこを旅行先に選ぶかより、小さな露天風呂が各部屋の庭についているこの旅館が、文香との大切な時間を過ごすにふさわしいと怜吾は思った。

過去に何度か得意先の客を連れてきたことがある。女将《おかみ》は一度来た客の顔は忘れないので有名だ。値段は高いが、料理もサービスも一流で、いつも常連客で満室だった。

「お夕食は六時ごろでよろしいですか？　では、そのように準備させていただきます」

仲居が出て行った。

「私達、夫婦に見えるのね」

文香に笑みが浮かんだ。

「若いのをもらって男冥利《みょうり》に尽きると話してるかもしれないな」

怜吾はそう言って文香に話を合わせたが、女将には文香との関係を耳に入れておいた。まんいち妻から電話でもかかってきたときのためだ。男四人で来ていることにしてくれと言った女将への言葉は、部屋係の仲居の耳には入っているかもしれない。

怜吾の妻は嫉妬《しっと》深い。医者から、怜吾の男の機能は回復しないだろうと言われているにもかかわらず、ほかの女となら可能になるのではないかと口にすることがある。

妻はひとつ年下の五十二歳。結婚当初から決して淡泊ではなかっただけに、まだまだ枯れる歳ではない。顧客相手に一泊の旅行をすると言ったとき、妻はしつこく相手を尋ねた。

『誰だと言えば安心するんだ。そんなに心配なら電話でもかけてくるといいじゃないか。温泉に入ったあとは呑み疲れて寝るか、朝まで麻雀《マージャン》だろう』

怜吾はやや怒りを含んだ口調で大口の相手先の名を言い、この旅館の番号を教えた。不安がなかったわけではないが、まさかここまでやってくることはないだろうし、電話をかけてくることもないだろう。おかしな嘘《うそ》をつくよりましかもしれないとも思った。

「六時まで、まだたっぷり時間があるな」

お茶を飲むのも惜しい。にやりとした怜吾は、さっそく文香を引き寄せ、結城紬の裾に手を入れた。

「だめっ。まだお風呂にも入ってないのに」

案の定、文香は怜吾を押しのけた。

「風呂に入らない方がいい。文香の匂いを嗅《か》ぐと元気になる」

「いつもそんなことばかり言って」

どうせ力ではかなわないとわかっていながら、文香は例のごとく抵抗をはじめた。怜吾は嬉々《きき》として文香の総身を包んでいるものを剝ぎ取っていった。

あちこちさわられながら脱がされていくうちに感じてきたのか、最後の一枚になったときには、文香の赤い湯文字には丸い染みが広がっていた。

「これは何だ」

怜吾は湯文字の染みに鼻をつけて匂いを嗅いだ。

「ばか。そんなことしないで。いや」

文香は湯文字を奪おうと躍起になった。

男は女より進化が遅れ、いまだ動物のままなのか、女の体臭や分泌物の匂いに妖《あや》しく本能をくすぐられる。怜吾は文香の恥じらいを意識して、わざと破廉恥なことをするようになった。

もういちど、わざと湯文字に鼻をつけた。

「だめっ！」

文香の手が伸びた。

そのとき、電話が鳴った。

ふたりはハッとして動きを止めた。

「女将でございます。ただいま、奥様から電話が入っておりますが、いかがいたしましょう」

赤い湯文字を持ったまま、怜吾は一瞬絶句した。

「……何か尋ねられましたか？」

「いえ、ご主人をと。それで、四人様ともすぐに露天風呂に入るとおっしゃっていたので、お部屋にはいらっしゃらないかもしれないと申しておきましたが」

「申し訳ない」

女将を信頼して本当のことを言っておいてよかったと、怜吾は胸を撫で下ろした。

「お繋《つな》ぎしますか」

「ああ。助かったよ。礼を言わないとな」

「いえ、お気遣いなく。これもお客様に対する女将の仕事ですから」

電話はすぐに妻のものと切り替わった。

「あら、いたのね。ずいぶん待たされたわ」

「風呂に入ってたんだ。部屋に戻ってくるなりリンリンうるさく鳴ってたが、おまえとは思わなかった。どうしたんだ」

「いえ、ちょっとこれからお友達と出かけることにしたから、今晩帰りが遅くなるかもしれないの。もし、あなたから電話があったら心配するかもしれないと思って」

「そんなことでいちいち電話するな。別に珍しいことじゃないじゃないか。伊東くんだりまで、わざわざ電話するようなことじゃないぞ」

出かけるというのは口実で、女とふたりではないかと勘ぐってのことだとわかっている。悪いのは妻ではなく自分だとわかっていても、怜吾は腹が立った。せっかくの文香との時間に水を差すようなことをしてと、怒鳴ってやりたいほどだった。

「なんだかあなたから電話がかかってくるような気がしたものだから。じゃあ、ごゆっくり」

女将の言葉を信用したのか、妻の口調は穏やかで、怜吾の怒りなど微塵《みじん》も応えていない。

「奥様ね……」

さっきまでと打って変わって、文香は泣きそうな顔をして長襦袢を肩から羽織っていた。

「しょうがない奴《やつ》だ。まさか、ここにまで電話してくるとは思わなかった……」

文香への誕生日のプレゼントを、土足で踏みつけられたような気がした。

「たいした用でもなかったんだが……」

「私のこと、感づかれてるのね……」

「そんなことはない」

「奥様はあなたのことが心配なのよ」

　せっかくの楽しい雰囲気が、妻の電話でめちゃめちゃになろうとしている。怜吾は妻に対してひどく苛立《いらだ》った。旅館の番号を教えた自分にも腹が立った。

「あのね……」

　精いっぱい笑いを装った文香は、怜吾の顔色を窺った。

「帰りに話そうと思っていたんだけど、母がこのごろ再婚しろってうるさいの」

　妻と自分に苛立っていた怜吾は、今度は文香の言葉に喉《のど》を鳴らすばんだった。

「相手は初婚みたい。四十五歳とか言ってたわ。須田電子工業の部長さんですって」

「凄《すご》いじゃないか……それに初婚なら、言うことないな」

　妻がありながら、その妻を愛していると言えなくなった今でも、怜吾は積極的に離婚しようという気持ちも持たず、華道教室の稼ぎで何とか食べていけるようになった文香が現状に文句を言わないことをいいことに、未亡人になってからは、いくばくかの金を毎月押しつけるように無理に渡してきた。

少ない額ではないつもりだが、金と引き換えに、ひとりのまじめな女の将来を歪めているようでうしろめたさがあった。それも、五十を過ぎた不能の男が、まだ二十代の女を、未亡人になって二年も独り占めにしていたのだ。

誰にも文香を渡したくない。こんなにかわいい女はめったにいない。人前では思慮深く、ふたりきりになると恥じらいながら甘え、怜吾の思いのままになっていく。

ときどき怜吾は文香に対して、幼い女を相手にしているような錯覚に陥ることがある。それでいて、十分に女の悦びを知っている、完全に熟した女でもあるのだ。

「再婚した方がいいかしら……」

「職場も肩書きも言うことないじゃないか。あとは波長が合うかどうか、これがいちばん大切だから、その気があるなら、会ってみてから決めるといい」

心にもないことを言いながら、怜吾はこんなことになったのは、やはり妻のあの電話のせいだと思った。もしかして、妻には何もかもお見通しで、こうなることを承知でわざと電話をかけてきたのかもしれない。今ごろ、リビングのソファに座ってにんまりと笑いながら、好きなワインでも傾けているのかもしれない。怜吾はそんなことまで考えた。

妻からの電話さえなかったら、たとえ文香が再婚の話をしても、やめておけと言えたかもしれない。

須田電子工業のような大きな会社に勤めている男が、四十五歳にもなって今まで独身なんて、何だかおかしいじゃないか、そんな奴とはやめた方がいいとも言っただろう。

だが、今は何ひとつ文香を引きとめる手だてはない。文香が心根のやさしい女だけに、このままずるずると関係をつづけるわけにはいかない。田舎にいる文香の母親が、若くして未亡人になった娘に再婚を勧める気持ちもわかる。

「私が再婚すればほっとする？」

うつむいたまま、文香は上目遣いに怜吾を見つめた。

「そりゃあ、相手がいい人だったらな……いつまでもこんな歳の離れた不能の男とつきあっていてもしょうがないだろう……文香はまだ若いし、欲求不満になるだろうしな。この三年、一度だっておまえを満足させたことはないんだ」

再婚なんかするなと言いたいが、若い女を満足させる力のない自分を考えると、文香との未来には絶望するしかない。

「そんな言い方しないで。別れたいなら別れたいってはっきり言って。私は今のままでいいの。だけど、あなたのお荷物にはなりたくないの。奥様がいたっていいの。だけど、重荷になってるのなら惨めだから……私は今がいちばん幸せと思っていたけど、だけど」

とうとう潤んでいた文香の目から涙がこぼれ落ちた。

(父親ほど年上の男のくせに、おまえは何というみっともない奴だ!)

こんなことになったのは妻の電話のせいだと思い、あげくに心にもないことを口にして文香を泣かせている自分が、怜吾は情けなくなった。

ふたりの関係は不倫だが、文香は真剣なのだ。自分で生活するだけの金は稼げるし、いじらしく、今のままでいいと言っているのだ。

「こんな男でいいのか……いつまでたっても満足させてやれない男でいいのか」

「いつだって……ちゃんと私……私……」

耳たぶを赤く染めて、文香が口ごもった。

「パパの……ばか」

文香は立てた両膝に頭を埋めた。

パパと言われたことで光明を見た怜吾は、長襦袢を羽織っているだけの文香に近づき、両頬《ほお》を掌《てのひら》で包んで顔を持ち上げた。

「いつだって何だ」

文香はこくっと喉を鳴らした。

「いつだって何なんだ」

あとにつづく言葉はわかっているが、恥じ入ってなかなか口に出せない文香から、どうしてもその言葉を聞きたくて、怜吾は執拗に尋ねた。

唇をひらきそうにしてはまた閉じる文香に、

「そうか、言わないなら」

怜吾は細い肩先を押した。

あっと声を上げて、あっけなく文香は仰向けに倒れた。羽織っていた長襦袢がひらいて淫らな景色をつくった。

文香は慌てて長襦袢をたぐり寄せた。

それを押しのけた怜吾は、顔を女園に埋め、まだ潤っていない器官を舐《な》め上げた。

声をあげた文香が怜吾の頭を押した。それにかまわず、秘口に指を押し込んで動かした。

「ばか。お風呂まだなのに……ああっ……いつだって……いつだって私……ちゃんとオユビで感じるわ……くっ……パパのオユビが……好き」

少しずつずり上がっていく文香は、羞恥《しゅうち》に身悶えするように腰をくねらせながらそう言った。

いつもなら、人いちばん羞恥心の強い文香が簡単に口にできるような言葉ではない。だが、今それを言わなければふたりの間が危うくなると、怜吾と同じ危機感を持ったのだろう。

「須田電子工業の部長と再婚しないのか」

秘口に入れた指を出し入れしたり縁をなぞるように円を描いたり、怜吾は猥褻《わいせつ》な動きをつづけながら尋ねた。くちゅくちゅとかわいい音がするようになった。

「あう……いや……」

破廉恥な音を恥ずかしがって、文香が太腿を合わせようとする。

「再婚しないのか」

怜吾は指の動きを速めた。

「変な人は嫌い。独身の部長なんて嫌い。あう……」

喘ぎながら文香が言った。

「俺は変じゃないのか」

「変。うんと変。うんといやらしいわ。ああっ……うんと変な人じゃないといや。うんといやらしい人でないといや」

ついさっき泣いていた文香がすっかり機嫌を直している。ひくつく肉襞で指を締めつけながらずり上がっていくうちに、とうとう文香の頭は床框《とこがまち》に当たって止まった。

「ふふ。もうそれ以上動けないぞ。俺は文香が言うように、うんといやらしい男だ。文香を見ると、いやらしいことばかりしたくなるんだ。夕飯までに床屋さんをするからな。文香の、あそこの毛を剃《そ》ってつるつるにしてしまえば、ほかの男に見せられなくなるからな」

「だめっ」

「もう決めたんだ」

「いやあ！」

半身を起こし、本気になって逃げまわる文香を追いかけて捕まえると、恐ろしいほど激しく胸を波立たせている。

「変なことしないで……」

「仲直りの儀式だ。いいだろ？」

「ばか……」

咎《とが》めるより羞恥に染まっている文香は、怜吾の求めている破廉恥な行為を許していた。

「そうだ、床屋さんは夕飯のあとにしよう。酒を頼んで、文香のそこでワカメ酒を呑んで、それからがいい。しばらくワカメ酒を呑めなくなるからな」

「いやらしいパパ……変なことばかりするんだから」

「うんといやらしくないといやだって言ったじゃないか」

抱いて尻たぼを撫でまわすと、文香は腰をくねらせながら怜吾の胸に顔を押しつけた。

文香の背後で、一輪の月光椿が部屋の照明を受けて、それでもひっそりと咲いている。

『花弁が同じでも、芯が紅いものもあって、それは日光椿と呼ばれておりますが……』

仲居の言葉が甦《よみがえ》った。

たまたま床の間に挿されていたその椿は、文香の身の上を暗示しているような名前だ。陽の光に輝く文香より、月の光に照らされた文香の方がよく似合う。芯が白い椿の方がよく似合う。

文香の尻を撫でまわす怜吾の胸に、ふっと熱いものがこみあげてきた。

花《はな》　雫《しずく》

鎌倉最古の杉本寺の石段ほど急ではないが、どこか似ている風情の石段をのぼりきると、小さな本堂が周囲の静寂につつまれてひっそりと建っていた。

壇ノ浦で入水《じゆすい》した安徳天皇の生母で、平清盛の娘でもある建礼門院《けんれいもんいん》が、平家一門の菩提《ぼだい》を弔いつつ生涯を閉じた寂光院《じゃっこういん》だ。

平日ということもあり、思ったより観光客は少ない。もっとも、大原のバス停で下りた客のほとんどが、みやげ物屋などで賑《にぎ》やかな三千院の方に歩いていってしまった。

寂光院へはバス停を起点にして北西へ片道十五分かかるが、三千院へは東に五分でいい。両方拝観してバス停に戻るには四十分の道のりだ。車に慣れた現代人や年輩者には少々きつい道のりなのか、三千院だけ拝観して帰る旅行者も少なくない。

門脇《かどわき》も三千院だけのつもりだった。彼を寂光院へ向かわせたのは、白っぽい絽《ろ》の小紋に、黒地の絽の帯を締めた三十歳ぐらいの女だった。

門脇がバスを下りたとき、その女は切符売り場で時刻表を見上げていた。ほっそりした首筋の美しさと横顔の色っぽさに、門脇は思わず見とれた。古都を宣伝するポスターから抜け出してきたのではないかと思えるほどしっとりした女だった。

そのとき、すでに三時を過ぎていた。これから帰るのだろうと思っていたが、女は寂光院の方に歩きだした。門脇は女に誘われるように、そのあとを追った。

紫蘇《しそ》畑の広がる小道を少し離れて歩いていたが、白い日傘をさした女の歩調に合わせるのは不自然だった。途中でさりげなく追い越すと、あとはうしろを振り返らずに歩いた。

女が気になり、本堂には入らず、およそ千百年前の平家物語のころの庭という西庭園の池のあたりで、拝観料と引き換えにもらった小さなパンフレットに目をやった。

女はなかなか現れなかった。

もしかして女は近くの住人かもしれない。それか、すぐ近くにある小さな宿泊施設の滞在者だろうか。そんなことを考えて落胆しかけたとき、白い日傘が見えた。

女はまっすぐ本堂に向かい、撫子《なでしこ》色の草履を脱いで上がった。門脇もあとを追って上がった。女は建礼門院の木像の前に座ると、なかなか動く気配がなかった。

門脇は根負けしたように本堂を出て、また池のほとりで女を待った。

どこか思い詰めたような表情をした女がやってきたのは、それから数分してからだった。

「あの像、お好きですか？」

「えっ？」

唐突な質問をした門脇に、女ははじめて目を向けた。アップにしている艶《つや》やかな黒髪が、すっきりと整えられている。

「ずいぶん熱心に見ていたでしょう？　僕はあなたのあとから入ったものの、ほんの数分で痺《しび》れをきらして退散したんです」

怪訝《けげん》な顔をしている女に、門脇はきまり悪くなった。

「着物のあなたを見て、ひょっとしてこの辺の人じゃないかと思ったんです。大原の穴場でも教えていただきたいと思いまして」

「うち、京の女に見えますやろか？」

女の雰囲気にぴったりのやわらかい京言葉が出てきたことで、門脇は震えるような感動を覚えた。

「もちろん、京都の女性そのものですよ。夏の着物を涼しげに着こなして、きれいな京言葉を使う人に会えただけで、どこか淋《さび》しげな寂光院の本堂さえ眩《まぶ》しく見えるくらいです」

気障《きざ》かなと思ったが、昂《たか》ぶっていたために、門脇の口からそんな言葉がすらすらと出た。

「まあ、どないしまひょ」

女はおかしそうに口元に手を当てて、はじめて笑みを浮かべた。

「うち、ときどき、なんやけったいな京言葉使うみたいで、ここで生まれて育ったお人に、ようおちょくられます。京の生まれやあらしまへん。いつになったら笑われんようになりますやろ。微妙なアクセントなんか、どもならんようどすえ」

完璧《かんぺき》な京言葉に思えるだけに、門脇には意外だった。

「僕には京都生まれの京都育ちとしか思えないな」

「おおきに。お姑《しゅうとめ》さんが先生どす」

まぶしいほどの微笑が返ってきた。

女と並んで石段を下りていると、すれちがう者に対してさえ誇らしい気がした。

「今からじゃ、三千院は無理かな」

「先に三千院に行かはったんやないんどすか？」

「いや、あっちは賑やかすぎて……」

門脇は即座にごまかした。

「うちも静かなこっちの方が好みどす。何かあると、いつのまにか大原に足が向いてしもて……建礼門院はんにいろいろ愚痴を聞いてもろてるんどすえ」

「愚痴……？　どんな愚痴です？」

「いえ、たいしたことやあらしまへん」

　女の顔がまた心なしか曇った。

　女は七恵《ななえ》とだけ名乗り、名字は教えようとしなかった。

　参道沿いの店に入り、涼しげなトコロテンを頼んだ。

「そな、東京からぶらりと来はったんどすか」

「デパートは土日が書き入れどきで、週末はほとんど休めないんだ。そのかわり、平日のゆったりしたときに、こうしてのんびりできるのが利点かな」

「ひとりで来はって、奥様はお留守番どすか？」

「実は、麻雀《マージャン》だと言ってある」

　門脇はいたずらっぽく笑った。

「女房は今ごろ、僕が東京の悪友達と煙草《たばこ》臭い穴蔵で麻雀をしていると思ってるはずだ」

　箸を持つ手を止めて、七恵は呆《あき》れた顔をした。

「奥さん騙《だま》しはって、何食わぬ顔して帰りはるんですか？　どないしてそない嘘つかはりますの？」

「決まりきった時間から抜け出して、誰も知らないところに存在することの爽快《そうかい》さ。わかりますか？　もうこの快感から抜け出せなくなってしまったんですよ」

門脇は一年ほど前、仕事からいったん帰ったものの、いつものように麻雀のために家を出た。だが、メンバーのひとりの都合がつかなくなり、麻雀はお流れになった。呑《の》みにでも行こうと思ったものの、賑やかな東京駅の雑踏のなかで、ふっと、遠くに行きたいと思った。九時過ぎの大阪行きの〈のぞみ〉に乗り、車中から、出張で使ったことのあるホテルを予約した。

零時前に京都に着いた。チェックインして先斗町《ぽんとちょう》に呑みに出た。翌日は二条城と金閣寺をまわって、正午過ぎに京都駅を発《た》った。

息子が大学生になって暇をもてあますようになった妻は、平日に四、五時間のパートをするようになっていた。麻雀のときは徹夜とわかっている妻は、自分より先に戻っていた門脇を見て、昼には帰宅していたと勘違いしたようで、何の不審も抱かなかった。

それから、麻雀を口実に三カ月に一、二度の割で、京都へ出かけるようになった。休みの前日から出かけることもあれば、今回のように休日の朝から出かけ、翌朝、京都から出勤することもある。一泊することで秘密の時間はいっそう価値あるものになった。京都にいる間は、自分が別の人間になっているような不思議な気がした。

「奥さんを騙してしゃあしゃあとしてはりますけど、こっちに女子《おなご》はんでもいてはりますの？　男はんはすこいわ。すこいお人はいや」

　穏やかだった七恵が、門脇を非難する目を向けた。

「すこいってどういう意味かな……」

「ずるいってことどす」

「すこいはずるいか。だけど、僕は女房を騙してここにいるが、女はいない。行きつけの先斗町のスナックのママには振られっ放しだし、呑んで帰ってホテルで寝て、翌日はまた京都見物して帰る。この一年、その繰り返しだ」

「さあ、ほんまでっしゃろか。ともかく、ママさんがいい返事くれはったら、悪いことしはるつもりどっしゃろ？」

　知り合ってまもない七恵が、門脇に敵意を持っているような口調を向けている。白い日傘をさして寂光院への道を歩いていたときの優しい感じの七恵を思うと、不自然なものを感じた。

「もしかして、男に恨みがありますか。それとも、ご主人にでも」

　七恵はハッとして視線を落とした。それを見た門脇は、夫に浮気されたか、夫に女がいるか、そんなところだろうと想像した。

「こうして知り合ったのも何かの縁。そうだ、ひょっとして建礼門院が引き合わせてくれたのかもしれない。僕にも話してみなさいと、そう言ってくれているのかもしれないな。人に話した方がすっきりすることもある。どうせ僕は明日の朝は東京。何を話してもかまわないでしょう？」

七恵がどんな生活をしているのか。どんな夫と暮らしているのか。大原のバス停で一目見たときから七恵に魅せられている門脇は、どんな些細《ささい》なことでも知りたかった。

七恵は長い睫毛《まつげ》を伏せている。透けるように白い頬《ほお》を見つめていると、つい今し方、恨むような言葉を発した女とは思えなかった。

「しょうもないことどす」

顔を上げた七恵が笑みを装った。

「僕はもう四十路《よそじ》を越えているし、あなたより、そうだな、ひとまわりぐらい上かな。それだけ人生経験もあるだろうし、何か言ってあげられるかもしれない。もっとも、すこい男と言われたし、人生経験が何だと言われたらそれまでだ。耳の奥で、すこいお人、すこいお人と、さっきから壊れたレコードのように同じ言葉がまわっていて、参ってるんだ」

七恵の唇がゆるんだ。薄い紅を塗った上品な唇の艶やかさに、官能の炎がめらめらと燃え上がった。

「うちの嫁いだとこ、お商売させてもろてます。老舗《しにせ》ということもあって、まあまあ繁盛してます。その実入りが災いしてか、いえ、うちに魅力がないせいどっしゃろ……」

七恵が溜息をついた。

「うちの人、二年ほど前から外に女子はんつくってしもて……けど、うちに気づかれてること、まだ知りまへんのえ。うち、息苦しゅうなってくるとここに来て、建礼門院はんに何もかも打ち明けるようになったんどす」

夫の相手は客である未亡人らしい。

「旦那はんのあるお人なら文句のひとつも言えますけど……」

ふとしたきっかけでその女との関係がわかってから、七恵は夫婦生活ができなくなってしまった。それから、よけい夫との間が冷めていった。抱かれようにも、夫に触れられたとたん、躰《からだ》が強張《こわば》ってしまう。いくら自分に言い聞かせても躰は言うことをきかない……。

七恵はそんなことを重い口調でしゃべった。

「こんなこと言うてしもたら、うち、女としておしまいどすな……何で初めて会《お》うたお人に、どもならんこない恥ずかしこと、おしゃべりしてしもたんやろ」

七恵はいたたまれないようにうつむいた。

「あなたはまだ旦那さんしか知らないんでしょう？」

七恵はほっそりした喉《のど》を鳴らして、しばらく黙っていた。

「言わはるとおり、学校出てすぐにいっしょになって……うち、主人しか知らしまへん」

白かった頬が、羞《は》じらいのためか、うっすら朱に染まった。

「旦那さんと別れようなんて思ってないんでしょう？　嫌いじゃないんでしょう？」

「けど、主人の心はうちより外の女子はんに向いてます。主人にさわられると、躰が鉄のように硬うなるだけでなく、心に厚い鉄の扉が下りるのもわかるんどす」

七恵はそのときのことを思い出すように、眉間《みけん》に小さな皺《しわ》を寄せた。

「旦那さんを責める気持ちや彼女への嫉妬《しっと》から、躰がそんなふうに反応してしまうんでしょうね。だけど、男として勝手なことを言わせてもらえるなら、男はオスでもあるんです。自然界の動物を見てごらんなさい。強いオスは何匹ものメスを従える。人間も、国によっては何人もの妻を持つことが許されている。昭和の時代にも遊廓はあった。今の時代も風俗は繁盛している。男はたったひとりの女では満足できないようになっているんです」

眉根を寄せた七恵に、門脇は言葉をつづけた。

「いや、それは女も同じで、性の自由が叫ばれて抑圧された環境から解放され、姦淫《かんいん》罪なんてばかばかしいものもなくなると、女達もおおいに自由な恋愛をするようになった。婚前交渉は当たり前。不倫も花盛り。後悔さえしないなら、そんな自由もいいんじゃないかな」

「そんな……」

七恵はまた咎《とが》めるような視線を向けた。

「このままご主人を拒んでいたら、状態は悪くなるばかりでしょう？　その未亡人との結婚を切り出してくるかもしれない。それでいいんですか？」

七恵のような色っぽく上品な女を最初に抱いた男に嫉妬が湧く。七恵こそ未亡人でひとり身だったらよかったのにとも思う。だが、門脇にとっては非の打ちどころのない七恵が、別の女に夫を取られてしまうのは哀れでならない。

七恵のために夫を取り戻してやらなければと、その夫を妬《ねた》んでいるというのに、矛盾した感情が湧いた。

「ご主人があなたにいっさい手を出さなくなったらおしまいだ。まだ大丈夫なんでしょう？」

みるみるうちに七恵の目が潤み、鼻頭が赤く染まった。

（こんないい女を泣かせやがって、何て男だ……）

夫が目の前にいたら、思いきり殴ってやりたいところだ。だが、これから考えていることを実行すれば、逆に七恵の夫に殴られてもしかたがない立場になるのだ。

「こんなところでこんな話も何だ。つづきは別の場所でしましょう。そろそろこのあたりの観光客もいなくなる」

門脇は伝票を持って席を立った。


宿泊しているホテルの上階のバーがゆったりできると、門脇は七恵をホテルに誘うことに成功した。

フロントでキーを受け取り、エレベーターに乗った。

「そうだ、このジャケットは邪魔だから部屋に置いてこよう。ちょっと降りてもらえますか」

「うち、先に上のお店に行ってまひょか……」

「あなたを食ってしまう怖い男に見えますか？」

先に行かせるわけにはいかない。門脇はゆったりと笑ってみせた。

「いえ……そな、外で待たしてもらいます」

エレベーターを降りたものの、七恵は門脇がドアを開けても部屋に入ろうとしなかった。

「愛人でも待たせてるみたいで、人に見られると格好がつかないでしょう？　中に入ってください」

手首をつかんで引っ張り入れた。

「大原から一時間。すっかり喉が渇いてしまった。あなたも渇いてるでしょう？」

戸惑っている七恵を逃すまいと、門脇は冷蔵庫からビールの中瓶を出し、七恵にグラスを差し出した。

「開けるの、ちょっと待っておくれやす……ふたりで呑むのはバーで……あとにしまひょ……」

七恵の声が掠《かす》れた。

抱こうとしている門脇をとうに見透かしている……。門脇はそう直感した。

目と目が合うと、熱いものが散った。

「うち、お酒、そう強いことあらしまへん……バーで、じきに酔ったらどないしまひょ……」

「そりゃあ安上がりで助かる」

この場の張りつめた空気をなごませようと思っての言葉だったが、ふたりとも緊張のせいで頬が強張った。

バーのボックス席に座った七恵は、門脇に勧められるまま、強めのカクテルを三杯呑んだ。

「うち情ないことに、もうくらくらしてきましたわ。どないしまひょ……」

七恵は頰に手を当てた。

「ほんとに安上がりなんだな。倒れる前に出ることにしましょうか」

門脇は伝票を持って立ち上がった。

酔いで瞼《まぶた》をポッと染めた七恵は、部屋に戻ると、入口近くに突っ立った。

「シャワーを浴びるなら先に入るといい」

七恵は抱かれることを決意している。その確信のもと、門脇はホテルに着いたときのように焦ることもなく、窓際の椅子《いす》に腰を下ろしながら言った。

「うち……シャワーなんか浴びてたら……酔いが冷めてしもて……すぐに帰らせてもらうことになるかもしれしまへん……よろしおすか……」

バーでピッチを上げてカクテルを呑んだ七恵だが、極度の緊張で心から酔うことができず、頭の芯《しん》は冷めている。

門脇は立ち上がり、相変わらず突っ立ったままの七恵の前に立ち、唇を塞《ふさ》いだ。

まるで処女のように七恵は震えた。唇をこじ開けられ、唾液を吸われるまま、人形のように受け身になっている。

大原で妖《あや》しく昂ぶったあの魅惑的な唇に触れていることが、門脇にはまだ信じられなかった。今にも溶けてしまいそうなやわやわとした唇だ。甘やかな唾液はいくらでも湧き出してくる。

唇を塞いだまま帯締めを解いた。はらりとお太鼓が落ちる音がした。七恵の躰がさらに硬くなった。

顔を離した門脇は帯揚げを解いた。

七恵は小さな唇をふるふると震わせながら、倒れまいとするように必死に立っている。黒い絽の帯を解いて着物をひらくと、

「うち、怖い……怖いわ」

七恵はいやいやをして胸元で手を交差させ、躰をかばった。

「ここまで来ていやとは言わせない。いやなら力ずくで抱く。着物が台無しになったとしてもだ」

きっぱりと言うと、七恵は肩を大きく喘《あえ》がせた。

「旦那さんもこうしてほかの女を抱いてるんだ。きみがほかの男に抱かれても文句は言えないはずだ」

「そやかて……うち……」

七恵の良心がせめぎあっている。抱かれようと決心しても、夫しか知らない女だけに、いざとなると不安や恐怖に苛《さいな》まれてしまうのだ。

「着物が破れてもいいのか？　帰れなくなるぞ」

門脇は七恵をベッドに押し倒した。

「あう！　かんにん！」

小さな悲鳴にたじろがず、門脇は裾《すそ》から手を入れた。着物と長襦袢《じゅばん》と湯文字を、強引にいっしょくたに押し上げた。やや汗ばんだほっかりした太腿《ふともも》に触れると、指先に電流が走った。

着物によどんでいたもわっとした体温に煽《あお》られて、門脇は一匹のオス獣になっていた。

「後生どす……シャワー、使わせておくれやす」

七恵は細い声で哀願した。

「シャワーは断ったんじゃなかったのか。シャワーを浴びたら酔いが冷めてしまうと言ったはずだ」

「けど、後生どす……やっぱりシャワーを使わせておくれやす。うち、逃げまへん。こない な格好で飛び出すわけにはいきしまへん。大原歩いて汗かいてしもてます。どうか後生どす」

七恵の目が潤み、すぐにすすり泣きに変わった。

「後生どす……どうせ抱くならきれいな躰を抱いておくれやす……笑われとうないんどす」

門脇は七恵から躰を離した。

夫以外の男を知らない女がふたりめの男を知ろうとしている。七恵は欲望のままに複数の男達に抱かれることができる女達とはちがうのだ。

七恵の性格を表すようにひそやかな衣擦《きぬず》れの音がして、着物と長襦袢が落ちていった。だが、それ以上は門脇の前で脱ごうとしなかった。

やがてシャワーを浴びて戻ってきた七恵は、バスタオルを縦にして肩のあたりで持ち、踝《くるぶし》近くまですっぽりと隠していた。

浴室に入っている間に七恵は逃げたりしないだろうか……。そういう危惧《きぐ》もわずかにあったが、門脇もシャワーを浴びた。

出てくると、七恵が布団を頭までかぶっているのが薄明かりのなかでもわかった。門脇が浴室にいる間に照明を落としたのだ。

門脇は素っ裸で七恵の横に躰を入れた。七恵は長襦袢をつけていた。

「風呂上がりにこんなものをつけてどうした」

七恵は湿った熱い息を鼻からこぼすだけで何もこたえなかった。

伊達締《だてじ》めを解いて長襦袢をひらいた門脇は、乳房をつかんだ。つきたての餅《もち》としか形容のしようがないほど、やわらかくむっちりしたふくらみだ。

「どうして暗くしたんだ。きれいじゃないか。こんなにやわらかい。これをさわらせないんじゃ、亭主も怒るはずだ。もったいないことをするもんだ」

ふくらみを揉《も》みしだき、乳首を指の間にはさんで刺激すると、七恵の息はいっそう荒くなった。

「かんにん……」

久々の愛撫《あいぶ》を受けたせいか、もともと感度がいいのか、七恵はたったそれだけで身を捩《よじ》り、甘い喘ぎを洩《も》らした。門脇が躰を合わせて唇を奪うと、石のように硬くなったものの、そのうち腕を背中にまわし、積極的に舌を動かすようになった。石鹸《せっけん》の匂《にお》いではない七恵だけの持つやさしい肌の匂いが門脇の鼻をくすぐった。

乳首を指で軽くはさんで責めるたびに、七恵は鼻から熱い息をこぼしてあえかな声をあげ、背中をひくっと浮き上がらせる。そして、乳首の快感を紛らわそうとするかのように、門脇の背中にまわしている腕の力を強め、がむしゃらに唾液をむさぼった。

門脇は七恵の唇から、耳たぶや首筋へと愛撫を加え、乳首を口に含んだ。こりっとしこり立った乳首が唇をくすぐった。

「かんにん……」

感じすぎるのが辛《つら》いのか、七恵は門脇の胸を押し上げながら総身を捩らせた。押し殺した声が洩れるたびに、門脇の肉の根がひくひくと反応した。

邪魔な手を両肩のあたりで押さえ込んだ門脇は、七恵を蹂躙《じゅうりん》しているようでますます欲情した。

ふたつの果実を執拗《しつよう》に口でもてあそんだあと、頭を女園に移し、太腿を一気に押し上げた。

「いやあ!」

一瞬のできごとに七恵が悲鳴をほとばしらせた。

脚を閉じようともがきながらずり上がっていく七恵を離さず、門脇は女園に顔をうずめた。

「ヒッ!　かんにん!」

隣室を気にして七恵は声を押し殺してもがいた。

門脇の顔にやわやわとした翳《かげ》りが触れ、舌にはぷっくりとした花びらが触れた。その二枚の合わせ目にある肉の豆に舌を伸ばして舐《な》めまわすと、七恵は短い声を上げて、たちまち激しく打ち震えた。

門脇はテーブルランプを明るくした。

「あ……」

まだ絶頂冷めやらぬ七恵だったが、まばゆい光に、慌ててうつぶせになった。だが、門脇の網膜には染みひとつない白い総身がくっきりと残っていた。

背中を隠している邪魔な長襦袢を何とか剝《は》ぎ取った門脇は、うつぶせの七恵の腰を思いきり高く掬《すく》い上げた。

「いやあ！」

七恵が豊満な臀部《でんぶ》を振った。

「かんにん……そない恥ずかしこと……ああ、かんにん……そないなこと……ああ、せんといておくれやす……放して」

双丘の谷間の硬いすぼまり。その排泄《はいせつ》器官さえ、七恵のものは愛らしく美しかった。さらに下方に、門脇の口技によって法悦を極めたためにねっとりとぬめ光っている女園が見えた。

門脇は反り返っている肉の根をなだめるように、ぷっくりした花びらに囲まれている秘口にそれを押し当てた。そして、ゆっくりと沈めていった。

「くうう……」

豊臀だけ掲げた破廉恥な格好を強《し》いられている七恵は、肉の襞《ひだ》を押し広げて入り込む太い肉の塊を、そのまま受け入れるしかなかった。

「どうだ、ちがう男のものは」

「かんにん……かんにん」

すでに頭がヘッドボードに当たっているというのに、七恵は門脇との結合から逃れようとするように、さらに上の方に躰を移そうとした。

門脇は女壺の奥まで肉の根を沈めると、ゆっくりと抽送を開始した。

二年もの間、七恵は夫を拒んでいるのだろうか。それとも、たまには強姦まがいに抱かれることもあるのだろうか。締まりのいい肉の襞が、門脇のものを妖しく締め上げてくる。

明るい照明に照らされた七恵のほつれ毛が、熟れた人妻をいっそう色っぽく染め上げていた。

「かんにん……かんにん……ああう……かんにん……んんん……ああう……はあぁっ……かん……にん」

かんにんという言葉が、やがて喘ぎだけに変わっていった。

砂丘の砂か絹の衣かと思えるほどつるつるとしている美しい七恵の背中を見つめながら、やがて門脇はそのときを迎えようとしていた。女壺の中で射精したい。だが、七恵の妊娠をできるだけ避けなければならない。門脇は躰の外で白濁液を噴きこぼした。

ふうっと息を吐いて躰を横たえた門脇は、七恵の顔を強引に自分の方にねじ向けた。

「うち……うち……死ぬほど恥ずかしおす……ああ、後生どす……見んといておくれやす……明かり、暗うしておくれやす」

羞じらいに耳たぶを染めた七恵は、顔をそむけようとした。

「あそこも全部見た。口でもさわった」

「もうそれ以上言わんといておくれやす」

七恵は身悶《みもだ》えた。

「これまでの女のなかで最高だった」

「そんなはずおへん……それなら、うちの人、外に女子はんつくるはずありまへんやろ……」

「ひょっとして旦那さんは、僕がきょうしたみたいなことをしたいのかもしれない。だけど、きみに愛想をつかされたくなくて、思いきったセックスができないんじゃないのかな。もうほかの男にも抱かれたんだ。これからベッドでは娼婦《しょうふ》になったつもりで、旦那さんのすることとは何でも許してみたらどうだ。それに、ときには自分から誘ってみることも必要だ」

七恵は門脇の言葉だけでも恥ずかしいと言うように、布団を引き上げてまた頭からすっぽりとかぶってしまった。

苦笑した門脇は冷蔵庫からビールを出し、グラスに注《つ》いで一気に呑んだ。最高にうまかった。次の一杯は七恵のために注いだ。

布団を剝《は》いでグラスを差し出した。

七恵は、こくこくと喉を鳴らしてそれを呑んだ。

「うち、とうとう不倫してしもたんどすえ。大原で悪い男はんに騙されて、こないなとこに連れ込まれて、うち、恥ずかしことされて、うしろめたい女になってしもたんどすえ」

グラスを空けた七重は、ビールの勢いをかりて、やや早口で言った。

「うち、こないな悪い女になってしもたさかい、夫にうしろめとうて、その分、夫にやさししてやらんとあかんようになりましたえ。憎い人にやさしせなあかんて、理不尽でっしゃろ？　あんたはん、どうしてくれはりますのん？」

破廉恥な姿で抱かれてしまった羞恥《しゅうち》やうしろめたさの一方で、これからは夫に対してやさしくなれるかもしれないということを伝えるために、七恵はわざとそんな言い方をしているのだ。

「も少し呑んでよろしおすか？」

門脇は七恵のグラスにビールを注いだ。また七恵はそれを空けた。

「うんと酔わんことには、あんたはんの前で顔も上げられしまへん」

七恵は恥ずかしげに睫毛を伏せた。

「寂光院のパンフレットにあった吉井勇はんの歌に気づきはりましたやろか？　〈うつし世の淋しさこゝにきはまりぬ寂光院の苔むせる庭〉いう歌どす」

七恵の現れるのを待ちながら、門脇は何度かその歌に視線を這《は》わせていた。

「うち、あそこに行くときは、いっつも淋しかったんどす。吉井はんいう歌人の方は何で淋しかったんかわからしまへんけど、うちとおんなじやて、いつも思てました。寂光院は淋しいお人が集まるとこみたいで、うち、あそこを訪ねると、そんな人達と慰めおうてるような気ぃになれました。心が淋しいから、あそこの淋しさがわかるんどす。そうでないお人に、そないなこと、わかるわけあらしまへん。ちがいますやろか」

門脇は七恵の頬にへばりついた髪を掻《か》き上げてやった。

「それに、幼い安徳天皇と入水したもんの、ひとりだけ助けられてしもた建礼門院はんの苦しみや淋しさ思うと、うち、自分の方が幸せなんやと言い聞かせることもでけました。けど、不思議なもんどすなあ。こない悪い女になってしもたら、なんや淋しい気持ちがなくなってしもたみたいどす……」

「それでいいんだ。また会えるな？」

「もうお会いするわけにはいきしまへん……かんにんどすえ……今かて恥ずかして死にとおす」

夫を恨んでいるようでいて、七恵は夫を愛している。それでも門脇はまた七恵を抱きたいと思った。

夏の夜にほんの数時間だけ咲いてしぼむ大輪の純白の花、月下美人。七恵はほんのひとときだけ門脇の前で咲いた花だろうか。

シャワーを浴びて戻ってきた七恵が、部屋の照明をわずかに落として背を向けると、身繕いをはじめた。そんな七恵を眺めながら、うつし世の淋しさこゝにきはまりぬ……と、門脇は吉井勇の歌を脳裏に浮かべた。

きょう知り合ったばかりだというのに、七恵を失うのだと思うと、苦しいほどに辛い。自分ほど孤独な男はいないとさえ思ってしまう。だが、また会えるのだと言い聞かせて送り出すしかない。

白っぽい絽の着物を着た七恵は、月明かりに照らされた花のように映った。

「おおきに……うち……生まれ変わることできますやろな……あんたはんのこと、決して忘れへんつもりどす……おおきに」

帯を締めて振り返った七恵の目尻から、光るものが落ちていった。

名残《なごり》の月《つき》

「安藤先生、橋詰《はしづめ》さんからお電話です。さっき、教室の最中だったので、この時間にかけなおしてくださるようにお願いしたんです」

週に一度、翔子は新宿のカルチャーセンターで、ちぎり絵を教えていた。

「橋詰さん……？　そんな生徒さんいらっしゃったかしら……」

「生徒さんじゃないと思います。落ち着いた声の男性の方ですから」

橋詰という名前を聞いたときにふっと浮かんだある人物が、事務員の言葉で一気に確信に近づいた。動悸《どうき》がした。

ビルの七階にある事務所では、数人の事務員があわただしく動きまわっている。

「安藤です」

「翔子さん？　旧姓土屋翔子さんだね？」

「ええ……」

「橋詰です。共和高校の教師をしていた……君の担任だった橋詰信昭です。福岡からかけてるんだ」

翔子の喉《のど》がこくっと鳴った。

「偶然……本当に偶然だったんだ。ちぎり絵の本を書店で手に取ったら、写真と著者略歴が載っていて、姓は変わっていたものの、生年月日もいっしょだったし、君にまちがいないと思って、カルテャーセンターの電話番号が書いてあったから、迷ったけどこうして……」

十七年ぶりなので、かつての橋詰の声とちがうような気がした。だが、話し方は変わらない。

「お久しぶりです。びっくりしました。みなさんはお元気ですか？　これから寄らなければならないところがあるので……夕方、そうですね……五時に自宅にかけていただけると助かるんですが。番号は……」

事務員達の手前、これ以上の込み入った話は避けたい。翔子は動揺を悟られないように陽気な口調で対応し、すぐに電話を切った。

二カ月後、福岡での〈安藤翔子ちぎりえ展〉の二日目が終わると、天神の個展会場からさほど遠くない中洲の料亭に翔子は急いだ。

「お待ち合わせでございますか？」

店に入るなり周囲を見まわした翔子に、やはり着物を着た仲居が尋ねた。

「ええ。でも、約束は六時で、まだ十分ほどありますから」

「もしかして、橋詰さんとおっしゃる方と」

「ええ……」

「その方なら、つい先ほどいらっしゃって、二階のお座敷の方でお待ちですよ。どうぞ」

仲居は先に立って翔子を案内した。

四畳半ほどの個室だった。仲居が襖《ふすま》を開けると、わずかに白髪の混じった橋詰信昭が、一瞬、緊張した顔を向けた。だが、すぐに唇をゆるめた。

「お久しぶりです」

「ここ、すぐにわかった？」

「ええ」

「料理は勝手に頼んでいいかな？」

「お願いします」

橋詰は刺身や揚げ物をてきぱきと仲居に注文した。

「ビールとお酒をお願いしようか」

仲居が出ていくと、橋詰は美しさに磨きのかかったかつての生徒をしみじみと眺めた。

漆黒の長い髪にセーラー服だった翔子が、まるで磨かれた宝石ように輝いている。

翔子はもともと美人だったが、目の前にいる翔子は、昔の可憐《かれん》なつぼみではなく、みずみずしさをたたえて咲きひらいた華麗な花になっている。そして、妖《あや》しいほどの艶《あで》やかさを秘めている。

かつての教え子に会う機会もたまにはあるが、これほど色っぽく変身した女はいない。これまで会ったどの教え子ともちがう異質の輝きを放っている。平凡な主婦とはちがう輝きだ。

黒っぽい結城紬《ゆうきつむぎ》に紅《あか》い帯。おとなしい色の紬だが、かえって翔子の顔を際だたせていた。

「あの写真も着物だったが、目の前でこうして君を見ていると、何だか高校時代の君と別人のようだ。そんなふうに髪を上げてると、とても粋《いき》だしね」

今では人妻の翔子。翔子と連絡を取ったときから、橋詰は夫に抱かれている翔子を想像して熱くなった。若者のように単純に肉茎《にくけい》が反応して困惑した。

「先生、ちょっと白いものが混じってらっしゃるけど、昔とお変わりになりませんね」

「先月、四十六歳になったんだ。君と最後に会ったのは卒業式の前だから、僕はまだ二十九歳だったんだ。十八歳の君が三十五歳になって、あのときの僕より六つも年上になったと思うと、何だか不思議な気がする」

「ずっと福岡にいらっしゃったんですね」

「ああ、勤め先の高校は替わったものの、ずっと」

仲居の運んできたビールで乾杯したあとは、燗《かん》をつけた酒に移った。

「いけるじゃないか」

「じきに酔ってしまいます。あんまり呑《の》める方じゃないんです。でも、ちょっと酔わないと先生といっしょにいるっていうだけで……」

翔子は盃《さかずき》を持った白い指を傾けたあと、長い睫毛《まつげ》を伏せた。

「どうして君の本を手に取ったのか、いつもなら決して手にしないような本だけに、今でも不思議でならないんだ。偶然だった。それに、福岡で個展だなんて、また偶然が重なって、こうして会えた。電話してからきょうまでの二カ月、落ち着かなかった。特に昨夜はほとんど眠れなかった。君が博多にいると思うと……」

「すみません……きのうはオープニングで、関係者とのおつき合いがあって、どうしても時間がとれなかったんです……」

「オープニングの日が無理なことは最初からわかっていたんだ。土曜は見に行けると思う。でも、君はもういないんだな。それはともかく、会ってくれて感謝してるんだ。ずっと、あのときのことを謝りたいと思っていた」

「謝りたいと思っていたのは私です。あのとき……私はまだ子供だったんです……」

「卒業式の前の日にあんなことがあったから、とうとう君は卒業式に出なかった。体調が悪いとお母さんから連絡があったけど、僕は仮病だと思った。お母さんはすっかり騙《だま》されているようだったけど、僕にはわかっていたんだ」

　高校生のころ、翔子はときどきクラスメートの数人と、独身の橋詰のアパートに押しかけることがあった。翔子にとって橋詰は教師というより兄のような存在だった。三十路《みそじ》も近いというのに結婚する素振りを見せない橋詰に、クラスメート達は世話女房のように、ときには掃除をしたり、料理をつくってやったりした。そんなとき、橋詰の二ＤＫの部屋は、まるで合宿所のように賑《にぎ》わった。

「毎年年賀状を出しつづけたのに返事はもらえなかったし、やがて転居先不明で返ってくるようになった」

「父は熊本に転勤になったときこちらの家を処分して、向こうでマンションを買ったんです。私が二十六歳のときでした」

「そうか……ともかく、僕はついに君と連絡を取るのを諦《あきら》めたんだ。一生許してくれないのだと気が重かった。二度あった同窓会にも君は出てこなかったし」

卒業式の前の日、橋詰は話しておきたいことがあると言った。希望の大学を落ちて一浪を決めた翔子は、浪人生活についてのアドバイスかと思い、軽い気持ちでアパートに行った。

橋詰は強《こわ》ばった表情で翔子に愛を告白した。それだけで衝撃を受けている翔子に、激情を抑えきれなくなった橋詰は、いつものおっとりした性格を豹変《ひょうへん》させ、翔子を押し倒して唇を奪った。セーラー服の裾《すそ》に入り込もうとする手を総力で拒み、翔子は部屋を飛び出した。だが、どうやって玄関を出たのかさえ覚えていなかった……。

仲居が関鯖《せきさば》の刺身を運んできた。

「関鯖や関鰺《あじ》、知ってるだろう？」

話題を変えた橋詰に、翔子はほっと息を吐いた。

「名前だけは。でも、食べたことはないんです。高級魚ですし、東京じゃ、ほとんどお目にかかれません。これ、佐賀関で捕れるんでしたね」

「ああ、潮流で有名な佐賀関や豊後《ぶんご》水道《すいどう》を泳ぐだけに、形は同じでも、普通の鰺や鯖とはぜんぜん味がちがう。まったく別ものの味だ。こんなうまい魚はない」

舌鼓を打っていると、オコゼの唐揚げやトラフグの塩辛などが次々と出てきた。

「高価なものばかり……」

「十七年ぶりだ。うんとうまいものを食べさせてあげたかったんだ。あのころ、ときどき君達が部屋に来て料理をつくってくれたな」

　翔子はあの日から、乙女心をズタズタにした橋詰を憎みつづけていた。しばらく男という男が不潔に思えてならなかった。浪人生活にも身が入らず、受験前に仲のいい従姉《いとこ》を頼って上京し、定職につかずにアルバイトをはじめた。

　橋詰への憎しみが淡い思い出に変わったのは、燃えるような恋愛をして男を知り、さらに数年たってからだ。

　数人の男を知ったあと、商社に勤める今の夫と結婚した。

「先生、お子さんは？」

「中一と中三の息子がふたり」

「ということは、あれからすぐに結婚なさったのかしら」

「翌年だ」

　愛の告白をして自分を抱こうとした橋詰が、その翌年に結婚していたことを知り、翔子はショックだった。毎年年賀状も届いていたが、翔子の傷心が癒《い》えぬとき、橋詰はすでに妻帯していたのだ。

「奥様、教え子とか……」

「いや、大学の後輩だ。同じサークルに入ってたことがあって」

「幸せですか」

「さあ……離婚の危機も何度かあったしね。そんなことより、今夜、ゆっくりできるんだろう?」

「ええ、誰とも約束はしていませんから、ホテルに訪ねてくる人もいないと思います」

「僕は麻雀《マージャン》ということで、今夜は帰らないと言ってきた」

「じゃあ、お友達の家に?」

「いや……」

橋詰の眼が何を語っているのかわかるだけに、翔子は息苦しくなった。


店を出た翔子の頬は、アルコールだけでなく、これからの時間のために火照《ほて》っていた。

「先生、きょうは何の日かご存じ?」

春吉橋のたもとで、翔子が訊《き》いた。

「うん?」

「ほら、あの月」

空気の澄んだ秋の夜空には雲の影もなく、ほんの少しだけ欠けている、ほぼ円形に近い月が浮かんでいる。

「月か……こうやってしみじみと眺めることもないな」

「きょうは十月十四日、旧暦の九月十三日です」

「十三夜なのか」

「ええ。秋の最後の名月です。名残の月とも言うんです」

「名残の月か……。教師のくせに勉強不足だ。君は花鳥風月のちぎり絵をやっているから、そんなことが詳しくなるのかな。立派な本まで出すようになったんだからな。あのころ、君にそんな才能があるとは思わなかった。ぜんぜん知らなかったよ」

「ちぎり絵は絵心がなくてもできるんです。先生と知り合っていなかったら、きっとちぎり絵をやろうとは思わなかったかもしれません……二十歳《はたち》を過ぎてからはじめたんです。ある意味では、今の私があるのは先生と、素人だった私を認めて下さった川嶋《かわしま》画廊のオーナーのおかげです。でも、先生の存在が大きいでしょうね」

「どういうことだい」

翔子は月を眺めてほんの少し唇をゆるめただけだった。

まだ時間は早い。橋詰のチェックインしているホテルのロビーも賑わっていた。いっしょに入ってはまずいので、小物屋で時間を潰《つぶ》した翔子は、橋詰より少し遅れて教えられた部屋に向かった。

鍵《かぎ》はかかっておらず、アームロックがストッパーがわりになって、十センチばかりドアは開いていた。すぐ近くにバスローブを羽織った橋詰がいた。すでにシャワーを浴びたのだろう。翔子の躰《からだ》が、また火照った。

翔子はそのままドアを押してなかに入った。

「もしかして、来てくれないかもしれないと思った」

翔子を抱きよせた橋詰の息は乱れていた。

「先生と別れたあの小物屋さんに、私、あれから二十分ぐらいしかいなかったのに」

橋詰の腕が背中にまわっている緊張に、軽く笑ったつもりの翔子の笑みが硬くなった。

「一時間にも二時間にも感じたんだ」

唇を塞《ふさ》いだ橋詰は、すぐに熱い舌を差し入れてきた。そして、むさぼるように翔子の唾液《だえき》を吸った。激しい行為に圧倒された翔子は受け身だった。

十七年前も、橋詰はこうして翔子を求めた。必死で拒もうとしたあの行為を、今の翔子は拒もうとしなかった。それだけでなく、橋詰に合わせるように、やがて舌を動かしはじめた。

舌が絡まると、妖しい疼《うず》きが翔子の総身を満たしていった。体温が上昇した。湿ったふたりの鼻息が、互いの肌を濡《ぬ》らした。背中にまわっていた橋詰の手が這い下りていき、帯の下の臀部《でんぶ》をゆっくりと撫《な》でまわしはじめた。

「ずっと……あれからもずっと……忘れることができなかったんだ」

顔を離した橋詰は、荒い息を吐きながら翔子を見つめた。

「恨んでました……」

翔子は掠《かす》れた声で言った。

高揚していた橋詰の顔が翳《かげ》った。

「ずっと恨んでました……それなのに、いつからか、先生が懐かしくなって……傷つけられたと思っていたのに、私も先生を傷つけたんだとわかって……でも、あのときの私は、何にも知らない初《うぶ》な女だったんです」

橋詰が憎くてならなかった。クラスメート達に橋詰とのことを知られるのも怖かった。橋詰だけでなく、友人と家族から逃げるために上京したといってもよかった。橋詰への憎しみが、人を相手にしなくてもすむ和紙相手のちぎり絵に熱中させてくれたのだ。

プロになろうなどと考えたことはなかった。それが、いつしか認められ、個展を開くようになり、カルチャーセンターの講師まで頼まれるようになった。四季を描いた作品が立派な本になって出版されるようにもなった。翔子には今でも信じられないような現実だ。

翔子のちぎり絵には感覚の冴《さ》えがあり、自然を見つめるやさしさに満ちあふれているとよく言われる。そのたびに翔子は、橋詰への憎悪があったからこそ存在するちぎり絵なのだと思った。

「もう今の翔子は子供じゃない……いや、あのときも……僕は君を女として見ていたんだ」

再会してはじめて名前を呼び捨てにした橋詰が、熱っぽい眼で翔子をとらえた。そして、ゆっくりとベッドに倒していった。

「シャワー……シャワーを浴びてから……」

「このままの翔子を抱きたいんだ」

「いや。嫌われるわ。きれいになってから」

「このまま抱きたいんだ」

「いや」

「頼む」

そのとき、橋詰の手はすでに裾を割って湯文字の中まで入り込んでいた。着物の下のむっとした妖しい熱気に絡まれて、肉茎はさらに弓形に反り返った。

唇を合わせ、ディープキスをしながら、橋詰の手は膝《ひざ》から太腿《ふともも》の付け根へと向かって這《は》い上がっていた。汗がシルクのような肌をねっとりとおおっている。着物とその下の長襦袢《じゅばん》や湯文字のために、思っていたより女園への進行は困難だ。着物に関する知識に乏しい橋詰は、どうやって脱がせればいいのか困惑した。

「着物に皺《しわ》が……だめ」

いやいやをして合わさった顔を離した翔子が、やさしい弧を描いた眉《まゆ》を寄せた。それは橋詰にとってまさに助け舟だった。

火照った翔子を抱き起こし、紅い帯を解かせ、紬の着物を脱がせた。黒っぽい紬の下から現れた淡い桜色の長襦袢に、一瞬にして翔子の感じが変わった。

花びらのような白っぽい色は清純さを強調しているようでいて、なぜか肉の匂《にお》いもした。正面から男を誘っていた。男を拒むようにきっちり締まっていた帯と着物が落ちたことで、翔子の眼も獣の行為を煽っているようだ。

橋詰は暴力的に翔子を押し倒した。

もがく翔子を押さえ、長襦袢と肌襦袢をいっしょくたにして、肩が見えるほど大きくくつろげた。みずみずしい白い乳房がまろび出た。白磁のようなふくらみに、うっすらと血管が透けている。人妻とはいえ、まだ母乳を蓄えたことのないふくらみだ。橋詰はふたつの乳房を両手でつかむと、乳首にむしゃぶりついた。

「あう！」

翔子の声に煽られ、甘やかな肌の匂いに噎《む》せた橋詰は、乳首を口でもてあそんだ。乳首はすぐに、こりこりとしこり立ってきた。

伊達締めを解いて長襦袢をひろげると、まだ湯文字で腰が隠れているにもかかわらず、翔子は膝をきっちりと合わせ、乳房まで両手で隠した。

湯文字の紐《ひも》を解いて腰から剝《は》ぎ取ろうとすると、翔子はそれに手をかけ、あらがった。

「だめ……こんなこと……やっぱりだめ……私、結婚してから一度も……ほかの人に抱かれたことはないの」

「ここまで来てくれたんじゃないか。それに……」

橋詰は翔子の手を取り、ズボン越しに股間《こかん》に導いた。それは恐ろしいほどにふくらみ、硬かった。

「あのときはわからなかっただろう？　だけど、あのときもこんなになってたんだ。きょうはこのまま帰るなんて言わないだろう？」

最後の迷いを捨てた翔子は、返事のかわりに眼を閉じた。

バスローブを脱ぎ捨てた橋詰は、湯文字に手をかけた。

「先生、暗くして……」

「きれいじゃないか」

「でも、もう三十路を過ぎました。醜くなってる自分がわかるんです」

「どこが醜いんだ。まだ乳房だって崩れていない。すべすべした白い肌は、まるで二十歳そこその娘のようでびっくりしているくらいだ」

「そんな……嘘《うそ》」

「旦那さんだってそう言ってくれるだろう？」

「いや。それは言わないで」

何も知らない夫を思うと罪の意識にとらわれる。だが、翔子は十七年間、橋詰のことを忘れることができなかった。憎悪が消えたとき、やがて淡い感情さえ生まれていた。

（なぜ、あんなにやさしかった先生の気持ちをわかってやれなかったのかしら……今も私を思い出してくれることがあるかしら……）

そんなことを考えては、再会できる日を心に描いた。橋詰からの電話には驚いたが、ようやくそのときが来たのだと昂《たか》ぶった。電話をもらってからきょうまでの二カ月間、毎日、橋詰のことばかり考えていた。

「明かり、暗くして。少しでもいいから。お願い……」

こうなることを望んでいたが、後ろめたいことをしているだけに、明るい照明の下で抱かれるには抵抗があった。

橋詰はヘッドボードに手を伸ばし、少しだけスタンドの光を落とした。

最後に翔子を守っていた湯文字を取り除くと、三角形の翳りがあらわになった。女が生々しく強調された。

細いけれど丸みがかった肩。ふっくらした臀部。くびれている腰……。

全体を眺めると、まさに熟れ盛りといったむっちりした曲線でできた女体だ。細面の顔のせいか痩《や》せているように見えたが、少女とはちがった肉がついている。眺めているだけで息苦しくなるほど、翔子の総身は艶やかな女体になっていた。

素裸にするより、白い足袋《たび》はそのままにしておいた方がエロチックなようで、橋詰は故意に足袋を脱がすのをやめた。

「きれいだ……こんなにきれいなのに、醜いなんて言っちゃ、罰が当たるぞ」

愛《いと》しげに唇を合わせて熱いキスを交わしたあと、橋詰の舌は、耳たぶ、首筋と這いまわり、ふたたび乳房を愛撫《あいぶ》した。

「あう……先生……」

片方の乳首を唇と舌で責められ、もう片方を指で揉《も》みしだかれると、秘芯《ひしん》が脈打つように疼《うず》きだした。翔子は足指を擦《こす》り合わせた。

橋詰の手が太腿を割った。

「いや……」

腰をくねらせた翔子にかまわず、橋詰の指は柔肉のあわいを辿《たど》った。そして、合わせ目にもぐりこんだ。そこはすでに熱く潤んでいた。

「だめ……」

「濡《ぬ》れてるじゃないか。力を抜いてごらん」

「いや……」

掠れた翔子の声は、いやではなく、むしろ、してと言っているように橋詰には聞こえた。

「ここ、自分でさわることはあるのか。たまにはあるんだろう？」

「嫌い。そんなこと……」

翔子は破廉恥な質問をした橋詰の眼を避けるように、顔をそむけて眼を閉じた。

そのときを見逃さず、橋詰はさっと躰を移動させ、翔子の太腿を大きく割って押し上げた。そして、女園に顔を埋めて女の器官を舐《な》め上げた。

「いやあ！」

ほんの一瞬の隙《すき》をついて行われた恥ずかしい行為に、翔子は声を上げて身悶《みもだ》えした。

シャワーを使っていないだけに、橋詰がそんなことをするとは思わなかった。躰が熱いのは恥ずかしさというより、屈辱のためだった。

翔子は橋詰から逃れようとずり上がった。ずり上がるだけ橋詰もついてきた。がっしりと押し上げた太腿の間に入っている橋詰は、またも生あたたかい舌で会陰から花びら、肉芽へと舌を動かした。

「やめて……あう」

頭がヘッドボードに当たって身動きできなくなった翔子は、腰をくねらせながら必死にもがいた。

「だめっ！」

屈辱のなかで翔子は昇りつめた。何度も絶頂を極めて激しい痙攣《けいれん》を繰り返した。その痙攣が治まるか治まらないかというときに、いきり立ったものが秘口に当てられ、肉襞《にくひだ》を押し分けながら沈んでいった。

「よく締まるな……ひくひくしてる」

「あう……シャワー……浴びてないのに……」

翔子は喘《あえ》ぎながら抗議した。そのあとで、

「嫌いになったんでしょう……？」

掠れたような声で言うと、眼を伏せた。

「世界でいちばん好きな人のあそこにキスをして、どうして嫌いになるんだ。暴れるから、あそこ、見られなかった。あとでよく見せてくれないか。かわいい花びらとオマメを見たいんだ」

「ばか……」

恥じらう翔子に軽く口づけた橋詰は、ゆっくりと腰を動かしはじめた。


カルチャーセンターの事務員達に怪しまれないように、橋詰からの電話は、翔子のマンションにかかってくるようになった。橋詰に抱かれた日から、翔子は毎日、橋詰の体温を思い出しながら暮らしていた。土日以外の週五日の電話は、朝から待ち遠しかった。充実した毎日だった。

五時半、電話が鳴った。いつもより少しだけ早いが橋詰だろう。翔子は嬉々として受話器を取った。

「はい、安藤でございます」

わずかな沈黙があった。

「もしもし……」

「安藤翔子さんですか？」

女の声だ。

「はい……」

「私、橋詰の家内です。橋詰公江《きみえ》といいます」

「えっ……？」

「橋詰信昭の家内です」

あまりに唐突だった。受話器が鉛のように重くなった。心臓が音をたてた。

「03から始まるということは東京なのね。いつから主人と変な関係になったか知りませんけど、十月十四日、あなた、ひょっとしてこっちに来たんじゃないの？　友達と麻雀だなんて嘘をついて、その日、主人は帰ってこなかったけど、嘘だってことは、あとで主人の友達に確かめてわかってるのよ」

「あの……何か勘違いなさってるんじゃ……私、橋詰先生に二十年近く前に教えていただきましたが、ずっとお会いしていないんですけど……」

スラスラ話さなければと、翔子は腋下《えきか》に汗を滲《にじ》ませた。

「ご主人、いるんでしょう？」

「いえ……」

「今いるかどうかじゃないの。結婚してるんでしょうと言ってるの」

「ええ……」

「何時に帰ってくるの？」

「いつも遅いんです……何かご用でも？」

「何かご用でも、ですって？　たいした女ね。十月十四日にあなたがこっちに来たかどうか、ご主人に尋ねればわかることだもの。しらばくれてもだめよ」

翔子は深い穴蔵に落ちていくような気がした。

「そのころから主人がそちらに何度も電話してるのはわかってるのよ」

「そんな……」

「そんなことはないとは言わせないわよ。毎月の電話代の請求書には、県外のどこにかけたか、その番号と時間と費用もちゃんと載ってくるのよ。うちはそうしてもらってるの。そんなサービスがあるくらい知ってるでしょう？」

奥さんに気づかれるとまずいから家の電話ではかけないでと、翔子は橋詰に言った。橋詰は教師がいないときを見計らって、学校からでもかけようと言った。たまに翔子が、どこから？　と尋ねると、貸し切りの職員室からだと冗談めかして言うので安心していた。

「あなた、主人の二十年近く前の教え子だって言ったわね。そのころからずっと関係がつづいているわけ？」

「そんな……」

「主人の浮気はこれが初めてじゃないの。ドジな男で、いつも尻尾《しっぽ》を出すの。でも、あなたとの関係は最近まで気づかなかったわ。五年？　十年？　二十年前から？　ともかく、十月十四日のことをご主人に訊きたいから、また電話するわ。ご主人は、あなたとうちの主人が電話でいつも話してることを知ってるの？　今夜は何時に戻ってくるんですって？」

追いつめられた翔子の鼓動は早鐘のように鳴っていた。

「零時を過ぎると思います……たいてい最終ですから」

「また電話するわ。ご主人と話したいの。何もかもばらしてやるわ。証拠があるもの。電話のことじゃないわ。主人の机の引き出しから、Sホテルの領収書も見つけたのよ」

勝ち誇ったような声だった。

電話が切れたとき、翔子は目眩《めまい》がしそうだった。燃えるような恋に胸を弾ませていた毎日だったが、橋詰の存在を夫に知られるのかと思うと、胸が張り裂けそうになる。

糾明され、離婚になるだろうか。独立してひとりでやっていけないこともないが、そんなことより、恋愛の末に結ばれ、仕事に好意的だった夫は、博多での個展も喜んでくれ、オープンの日の宿泊を気持ちよく許し、送り出してくれた。そんな夫を裏切っていたことを、今になって後悔した。同時に、妻に知られるようなことをした橋詰を恨んだ。あんな女を妻にするなんて……とまで思った。

『また電話するわ。電話するわ。電話するわ……するわ』

公江の声が翔子をあざ笑うように脳裏を駆け巡った。


「あなたから電話をもらったのは初めてだ。それも、すぐに会いたいとはどんな風の吹きまわしなんだ」

川嶋雅之《かわしままさゆき》が顔をほころばせた。翔子の才能を認めて力になってきた川嶋画廊のオーナーの息子で、四十歳になったばかりだ。二、三年前に離婚してシングルだ。ゆくゆく画廊を継ぐことになっており、絵画に対しては造詣《ぞうけい》深く、父親どうよう、翔子のちぎり絵の才能を高く買っていた。

「すぐに連絡が取れてほっとしました……お願いがあるんです」

公江の電話から一時間半がたっている。翔子の顔はやや青ざめていた。

「あなたのお願いなら、どんなことでも喜んで。それで、何があったんです」

川嶋がゆるめていた唇を引き締めた。

翔子は何度も喉を鳴らした。橋詰とのことを他人に話すのははばかられる。けれど、夫にだけは知られたくない。川嶋が自分に好意を持っていることには気づいていた。勝手すぎるだろうが、川嶋なら何とか力になってくれそうだと思った。

マンション近くの喫茶店で、翔子は川嶋の顔を見ないようにして、今回の事件のきっかけになった十七年前のできごとから、博多での個展のときに橋詰に会ったこと、電話で話すようになったこと、それが妻に知られてしまったことを話した。

「これからうちに来て、夫ということで彼の奥さんに電話してほしいんです。二度と奥さんからは電話をしないように言ってほしいんです……」

「旦那さんに知られたくないわけだ。しかし、まじめなあなたが浮気したとはね」

震えているような翔子への愛しさに、川嶋はいつにも増して強い欲望を感じていた。

「これから奥さんに電話していただけますか……？　私の部屋からでないとまずいんです……もし、向こうからかけ直すと言われたとき、ほかの場所では困りますから」

翔子はもう一度かかってくる電話と、夫の帰りが不安でならなかった。

「あなたの望みどおりに、これからすぐにでも完璧《かんぺき》な夫を演じてみることにしよう」

顔を上げた翔子は、ほっとした。

「そのかわり」

川嶋はもったいぶったように言葉を切った。

「僕の望みも聞いてほしい。僕の気持ちはわかっていたはずだ。不倫などしないと思っていたあなたが、他の男に抱かれたことを知ったんだ。僕も一度でいいからあなたを抱きたい。それが交換条件だ」

たちまち翔子の顔は苦痛の色に染まっていった。

「いやということか？」

おし黙った翔子に、やがて川嶋が尋ねた。

いやだと言えば、あと数時間内に、まちがいなく夫に不倫を知られ、詰問されるだろう。夫との生活をこれまでどおりにつづけるには、川嶋に抱かれなければならない。しかし、それは、短期間に二人の男と不倫を犯すことになる。きりきりと胃が痛んだ。

「無理な願いだったかな？」

断れば川嶋はすぐさま帰ってしまうかもしれない。そんな雰囲気と不安は、翔子に決断を急がせた。

「わかりました……だから、電話をかけてください」

「電話をかけたあと、僕の望みを聞いてくれるんだね？　それも、今夜のうちにだ」

翔子はうつむいたまま頷《うなず》いた。

橋詰の自宅に、はじめて翔子は電話をかけた。すぐに公江が出た。

「安藤です……ここに夫がいます。代わりますから」

翔子の声は暗かった。演技というより、無事に公江を騙せるだろうかという緊張や、まんいち夫の帰宅が早くなって川嶋と顔を合わせることになったらどうしようという恐怖からだった。夫は川嶋のことは知っているが、部屋にいては不自然すぎる。

「翔子の連れ合いです。女房からだいたいの話は聞きました」

「あら、奥さん、午前様だと言ってましたよ。やっぱり嘘ついたのね」

「そのつもりでしたが、泣きながら電話が入ったとあっては、無理をしてでも仕事を切り上げて帰ってくるしかないでしょう？」

「泣くぐらいなら最初から不倫なんかしなければいいのよ。十月十四日、奥さん何て言って出かけたか知らないけど、主人と浮気したのはまちがいないの。ホテルの領収書があるし、そのころから、頻繁に主人はそちらに電話してるの。私、様子が変だから、主人の部屋や手帳を調べたの。それで、お宅の奥さんと怪しいことがわかったの。気づかなかったんですか」

「ええ」

「奥さん、主人の教え子ですって。夫が高校教師してるのはご存じ？　何人の教え子に手を出したかわかりゃしないわ。奥さんが高校生のときから変な仲だったにちがいないわ。よくそんな人といっしょになったわね。苦労するでしょ？」

「はあ……」

「最近の人は、不倫のために日帰りで県外に行ったりもするらしいわ。飛行機なんかも使ってね。朝出て、なに食わぬ顔をして夜には家に戻ってるってわけ。うちのと奥さん、ひょっとして昨日だって会ってたかもしれないのよ」

「それはないでしょう」

「あなた、お人好《よ》しすぎるんじゃない？　だから浮気されるのよ。怒ってないの？」

「まさか。ともかく、僕としては、女房とセックスしたという男の奥さんから電話がかかってくるのも不愉快なんです。そうでしょう？　今度のことはわかりました。奥さんは奥さんで、ご主人に注意してください。僕は女房を厳しく監督します。だから、電話はこれきりにしてください。約束していただけますか？　たとえかかってきても、二度と奥さんとお話しする気はありませんからね」

「あなたと話せたらそれでいいの。奥さんが事実をそのまま話すとは思えなかったから」

ほとんど一方的にしゃべりつづける公江のために、電話は三十分ほどつづいた。

「終わったよ。もうかかってこないはずだ。しかし、あんな女房じゃ、夫はやりきれないだろうな。あなたのことをただの主婦と思っているようだ。僕もそれにはほっとした。これから人妻のあなたを抱くという僕が、ちぎり絵作家としてのあなたの名前を汚されたくないからだと言えば、勝手だとののしられるかもしれないが」

川嶋が笑った。

ひとつの難題は解決したが、川嶋とのこれからの時間がある。翔子は涙ぐんだ。

新宿の小綺麗《こぎれい》なラブホテルだった。

「シャワーを浴びてる間に逃げられてるかもしれないと思った」

バスタオルで腰を隠した川嶋は、笑いながら浴室から出てきた。四十歳とは思えない、引き締まった躰をしている。剝き出しの上半身に目をやった翔子は、慌てて顔をそむけた。

「シャワーを浴びておいで。ただし、十分以内に。あなただって、少しでも早く家に帰りたいだろうし」

確かに、迷っている時間はなかった。最終の電車で帰宅するはずの夫より早く帰りたい。

そして、なに食わぬ顔で出迎えたい。

心を乱しながら女園を丁寧に洗った翔子は、先にベッドに入っている川嶋の横に、躰をバスタオルで隠したまま、ぎこちなく立った。

「バスタオルを取って、入っておいで」

ほんの少し照明が落とされている。抱かれたくはないが、翔子は川嶋の心遣いがわかった。

静寂と裏腹に、翔子の鼓動は激しい音をたてていた。川嶋の横に躰を滑らせ、眼を閉じた。

「もう懲りただろう？　喫茶店で話を聞いていてわかったけど、あなたはその男を愛していたんじゃなくて、時間に浄化された思い出に恋していただけなんだ。あなたは気づいていないかもしれないが、過去の心の傷を完全に癒《いや》すには、憎い男を愛していると思う錯覚が必要だったんだ。錯覚を現実と混同してこんなことになったんだと思う。その男も本当にあなたを愛しているのなら、こんなふうにならないように、もっと細心の注意を払うべきだったんだ。すべて錯覚だったんだよ」

救いの手を差し伸べるために理不尽な交換条件を出した男の言葉とは思えなかった。川嶋の言葉で、翔子は長い間の橋詰への思いに、きっぱりと終止符を打つことができる気がした。

燃え上がっていた思いが、あの妻の出現で冷えていったのも事実だ。橋詰が無防備に家から電話をかけていたことがわかったときは、口惜しい気がした。橋詰への落胆が、あっというまに燃え盛る炎を消し去った。不思議なほどあっけなかった。夢から醒《さ》めたときに似ていた。

「僕に抱かれたくはないだろう？　抱かなくてもいいんだ」

翔子は顔を上げて川嶋を見つめた。

「だけど、やっぱり交換条件がある。自分で慰めるところを見せてくれるなら、だがね」

「そんなこと……そんなこと、できません」

汗ばんだ翔子は両手で顔をおおっていやいやをした。

「だったら抱いていいんだな」

破廉恥なことを言った川嶋の顔をまともに見られるはずもなく、翔子は顔をおおったままうつぶせになった。

「後ろからされるのが好きなのか。それとも、僕の顔を見たくないということか」

川嶋は苦笑しながら布団を剝ぎ取った。ほどよく肉のついた白い総身に、川嶋は思わず溜息をついた。

髪をアップにしているため、細いうなじが美しい。無理な口づけをしたくない川嶋は、うつぶせたまま、うなじを舐めまわした。感じやすい翔子は、肩先をくねらせながら色っぽい喘ぎを洩《も》らした。

吸いつくような白い滑《なめ》らかな背中を、川嶋は唇と舌で辿った。そうしながら、躰の下に手を入れ、やわらかい乳房を揉みしだいた。

「いや……しないで……だめ……許して」

夫への罪の意識に、燃えはじめている躰と裏腹の言葉が押し出された。

夫との生活を守るために翔子はここにいるのだ。そんな翔子を川嶋はいじらしいと思った。

「あなたがどんなにご主人を愛しているのか、きょうはよくわかった。だけど、僕はあの教師のように半端じゃない。たとえあなたが浮気をしても許せるし、あんな女から電話がかかってきたとしてもびくともしない。それに、あなたの才能をもっと伸ばしてやることができる。僕はあなたのすべてがほしい」

川嶋は翔子の腰をぐいと持ち上げた。

尻だけ掲げた破廉恥な格好の翔子は、汗を噴きこぼしながら川嶋から逃れようとした。川嶋は持ち上げた腰を離さず、うしろからピンクの器官を舐め上げた。

翔子は悲鳴をあげた。

「ここに夫以外の男のものが入った気持ちはどうだった？　これから僕のものが入っていくんだ。どんな気持ちだ」

また川嶋は生あたたかい舌で肉の豆から会陰《えいん》に向かって舐め上げた。秘口に舌を入れて動かした。

あっ、と声を上げた翔子は、呆気なく気をやって打ち震えた。

「もういったのか。これからが本番だぞ」

川嶋はいきり立った肉茎を、何年も憧《あこが》れていた女のなかに突き入れた。

「あう！」

「ああ、最高だ……ますます諦められなくなった……僕は決してあなたを諦めない」

肉襞いっぱいに入り込んだ肉茎に喘ぐ翔子は、これまで知らなかった野性的な川嶋に惹《ひ》かれ、離れられなくなるような気がした。それでも、夫が戻る前に帰宅しなくてはという思いは消えなかった。

涅槃西風《ねはんにし》

ロビーでふっと足を止めた美紗希《みさき》に、夫の俊一が怪訝《けげん》な顔をした。

「どうしたんだ」

「ほら、寛雪《かんせつ》先生の絵……ホール入るときは慌てていたから気づかなかったのね」

自分の耳に届くのではないかと思えるほど激しい動悸《どうき》がしていたが、それを気づかれないように、美紗希は精いっぱいさりげない口調で言った。

俊一は部下の結婚式の披露宴で祝辞を述べることになっていた。ゆとりを持って家を出たつもりが、途中で事故があったらしく、道が渋滞して横浜のブライダルホールに到着したのはぎりぎりだった。ふたりは慌ててロビーを突っ切って二階の会場に向かったのだ。

それから一時間半、賑《にぎ》やかな披露宴も終わった。ほっとしたふたりは宴会場を出て、一階ロビーに下りてきたところだった。

「へえ、これが、昔出入りしていたことがあるとか言っていた日本画家の先生の絵か。うまいじゃないか」

「当たり前でしょ。いろんな賞も取った方だもの。もう十年以上前にお亡くなりになったんだけど、懐かしいわ……こんなところで先生の絵と出合うなんて」

絵の中の、赤地に松竹梅と桜の花をあしらった豪華な打掛を着た花嫁は、角隠しではなく、すっぽりと綿帽子をかぶっている。顔は窺《うかが》えないが、若い女の無垢《むく》な恥じらいと、これからの新しい生活に対する不安や喜びが伝わってくるようだ。

どこかしら伊東深水の絵の雰囲気にも似て、しっとりした色気も漂っている。

「カメラを持ってきたでしょう？　写してちょうだい。でも、ストロボはたいちゃだめよ」

「どうして」

「絵のためによくないわ」

商社に勤める夫の俊一は仕事の方はやり手だが、芸術の分野にはうとい。絵画や工芸には興味がなく、時間があれば企業小説や推理小説ばかり読んでいる。絵画に関心のないそんな俊一を知って、美紗希は最終的に結婚を決めたと言ってもよかった。

「室内は案外暗いもんだぞ」

「これだけ明るければ大丈夫よ。どんな絵の前でもストロボはだめ。それだけは覚えておいてちょうだい」

絵画に対する俊一の無知には感謝しているものの、美紗希は今後のためにと、溜息《ためいき》混じりに付け足した。そして、すぐに寛雪の絵に視線を戻した。

寛雪の画集はすべて持っているが、〈春うらら〉と題されたその絵を見るのははじめてだ。

綿帽子に隠された女の顔を見たい……。美紗希は寛雪が誰をモデルに描いたのか気になった。

「いっしょに撮ってやる。せっかく新調したんだもんな」

きょうのために、久しぶりに美紗希は着物を誂《あつら》えた。薄い藤紫の色留袖《とめそで》の裾《すそ》から上前《うわまえ》にかけて、水に浮かぶ桜の花びらが描かれた上品な着物だ。日本的な顔立ちの美紗希によく似合っている。

「絵だけ写してくれたらいいのよ」

「せっかくだ。横に立ってみろ」

俊一は絵だけを二枚、美紗希を入れたものも二枚撮った。

「あなたも撮ってあげましょうか」

「俺を撮ったってしょうがないだろ」

俊一はさっさとカメラを仕舞った。

美紗希は寛雪の絵に磁石のような力を感じていた。できるなら、ひとりで三十分でも一時間でもその絵を見ていたかった。けれど、用は済んだとばかりに、俊一は出口の方へさっさと歩いていった。

写真がうまく撮れていたとしても、実際の絵とはちがう色で仕上がってくるはずだ。美紗希は目の前の絵の雰囲気と色を脳裏に刻み込むように〈春うらら〉に目を据えた。

「先生……」

小さな声で呟《つぶや》くと、鼻腔《びこう》が熱くなった。

美紗希はブライダルホールで寛雪の絵と出合ったのは偶然だと思っていた。だが、寛雪の息子の翔平から電話があったとき、必然だったような不思議な気がした。久しぶりに寛雪の絵を見て動悸がしたように、ほぼ十年ぶりに聞く翔平の声に心が乱れた。

「今、ひとり？」

「ええ……」

「子供さん、大きくなったんだろう？　今度六年生か」

「ええ……」

そんなことまで知っている翔平に驚いた。

「親父《おやじ》の亡くなった翌年に生まれたと聞いたのを覚えていたから。親父、もうじき十三回忌なんだ。それから計算して、そのくらいじゃないかと思ったんだ」

「もう十三回忌なの？　早いわね……」

美紗希もそれは知っていた。けれど、忘れていた振りをした。

「会ったこともないきみの子供が、もうじき六年生なんだ。十二年なんてすぐさ」

「翔平さんから電話がかかってくるなんてびっくりしたわ……ここの番号、よくわかったわね」

「前のところにはかからなかったから、きみの実家に電話して教えてもらったんだ。きみのお母さんに、日本画の室井寛雪の息子だと言ったら、父を覚えていてくれたようで、すぐに教えてくれたんだ」

「忘れるはずがないわ。母は先生に会ったことはなかったけど、絵が好きで、先生の絵のファンでもあったし。先生にいただいた貴重な絵は、結婚するとき、家に置いてきたの……母が凄《すご》く気に入っていたから、持ち出すのがかわいそうになって……」

美紗希はとっさに嘘《うそ》をついた。印刷された画集は距離をおけるが、寛雪の息吹が聞こえてくるような直筆の絵画を、新しい家庭に置くのははばかられた。

「去年、マンションを売って、今度は一軒家に落ち着いたの」

「そうか、順調なんだ」

「ええ……」

「電話したのは、親父の十三回忌に来てくれないかなと思って。次は十七回忌だろ。葬式のときも三回忌のときも来てくれなかったから、どうせだめかと七回忌のときは知らせなかったんだ。でも、一度ぐらい来てほしいんだ」

「子供がいると、なかなか時間もとれないの……」

「渡すものがあるから来てほしいんだ」

「渡すものって?」

「親父の描いた絵だ。いらないと言うなら俺が預かっておく。でも、もらってくれないとしても、その絵をどうしても見てほしいんだ」

「でも、子供がいると、ふつうの日に家を空けるのは無理だわ……」

「数日早めにやる。日曜にと思ってるんだ。来てくれないか。むろん、交通費も出すし、ホテルもとる」

「そんなことじゃないの……」

「今度こそ何とか来てくれ。頼む。待ってる。絶対に来てくれ」

翔平の口調は必死だ。

「いまになって変よ……翔平さんの奥さんには何と言うの？」

「親父の知り合いでいいじゃないか。きみを描いた絵もあるんだ」

「お母様もいまさらって思われるでしょうし……」

「おふくろ、三年前に亡くなったんだ」

「……そう、知らなかったわ。淋《さび》しくなったわね」

友人達と旅行に出かけるのが好きだった小柄な翔平の母親。妙子の顔が浮かんだ。

つい今し方まで、法事は今回も断ろうと思っていたが、妙子が亡くなったと聞いて、美紗希は出かける決心をした。


何度か電話では話したが、最後に翔平に会ったのは十六年前だ。福岡空港に着いた美紗希は、お互いにわからなかったらどうしようと不安だった。けれど、迎えの人混《ご》みの中で手を振っている翔平を、美紗希はすぐに見つけることができた。

「来てくれてありがとう。きみ、ちっとも変わらないね」

「そんな……大学生の私が三十八歳になったのよ……あと半年もすれば三十九歳になって、来年は四十路《よそじ》。自分でも信じられないわ。老けたでしょう？」

美紗希はいつになく口数が多くなった。

「凄く若くて驚いた。本当だ」

「お世辞でもいいわ。ありがとう。翔平さんは四十五にしては落ち着いてるわ。デザイン会社の社長さんだものね」

「小さな会社さ。そんなに老けて見えるか」

「ううん、老けてるんじゃなくて、風格が備わったってことよ」

「そんなこと言われたのははじめてだ。まず墓に寄ってからホテルに案内する。疲れてるだろうけど、明日帰るんじゃ時間がないし」

明日が十三回忌の法要なら、きょう墓参りしなくてもと思ったが、寛雪が亡くなってからまだ一度も参っていない。翔平に誘われるまま車に乗り込んだ美紗希は、途中の花屋で寛雪の好きだった白百合を買った。

冬型の気圧配置が崩れた数日前は春のように暖かかったが、二月中旬ということもあり、きょうも冷える。墓地は閑散とした冬景色だ。花立てに花はほとんど見あたらない。

室井家の石碑は黒い御影石《みかげいし》造りで、左手に雪見灯籠《どうろう》、右手には墓誌があり、寛雪の経歴が記されていた。

ここに寛雪のお骨が入っているのだと思うと、美紗希の胸にこみ上げてくるものがあった。

（先生……ごめんなさい……やっと来ました）

花を供えながら、美紗希はありし日の寛雪を思って涙がこぼれそうになった。

大学二年の冬休み、寛雪の個展を見に行ったときに、会場にいた寛雪と話をしたことで懇意になり、モデルをやらないかと誘われた。

『先生のような有名な方のモデルになるのは名誉だと思いますけど、ヌードになったりもするんでしょう？　そんなの、恥ずかしくていや。本当のモデルさんみたいにきれいじゃないし、自信ないわ』

美紗希は小さな舌を愛らしく出して、子供のような笑みを浮かべた。

『私はめったにヌードは描かない。この個展だって、一枚もないだろう？　ちょっと肩を出した色っぽいのはあるにはあるが、モデルと言っても、遊びに来るつもりで顔を出してくれたらいいんだ』

穏和な、いかにも芸術家といったタイプの白大島を着た寛雪が、父親のようなやさしさで微笑した。

美紗希の実家は宮崎だが、福岡の大学に通っているのでアパート暮らしだ。寛雪の示したバイト代は、家庭教師より高額で魅力だった。仕送りだけでは贅沢《ぜいたく》はできない。余分なバイト代が入れば、かねてよりほしいと思っていた好きな作家達の豪華な画集も買えるかもしれない。

美紗希は週に一、二度、寛雪の屋敷に通うようになった。

寛雪の妻妙子も、美紗希が訪ねてくるのを喜んだ。美紗希はモデルの仕事より、寛雪の話し相手をしたり、寛雪の行きつけの高級割烹《かっぽう》で食事をしたりする時間の方が長かった。

泊まっていったら、と言われたのは一カ月ほどしてからだ。それから、美紗希はときどき、寛雪の屋敷に泊まるようになった。

室井家の屋敷は広々としていた。空いている和室はいくらでもあった。いつも遅くまで寛雪と絵を見たり画集を見たりしながら話が弾んだ……。

(奥様も旅立たれていたんですね……いままで知らずにすみませんでした。奥様……何もかもご存じだったんでしょう? 許してください……いえ、そんなこと、無理かもしれませんね)

妙子はいつも穏和な顔をしていたが、美紗希は一度だけ、あなたのしていることぐらい、何もかも知っているのよ、というような妙子の視線に気づいて、はっとしたことがあった。

「風邪をひくぞ。そろそろ行こうか」

いつまでも手を合わせている美紗希に、翔平が声をかけた。線香の長さがいつしか半分になっていた。

博多駅近くのホテルは、二月というのに意外と混んでいた。

フロントに向かおうとした美紗希に、チェックインはすでに済んでいると翔平が言った。

ロビーに美紗希を待たせ、翔平がキーをもらってきた。

「行こうか」

美紗希の小さな荷物をさっさと持って、翔平はエレベーターに乗った。

「何から何までごめんなさい。本当はさんざんお世話になったんだから、これ以上、翔平さんにまで迷惑はかけられないんだけど……」

翔平は黙っていた。心なしか硬い表情をしているように見える。

部屋に入った美紗希は、広い部屋を見て意外に思った。シングルでないのはすぐにわかった。

「ツイン……いえ、もしかすると、スイート……？」

「会いたかった！」

いきなり翔平に抱きしめられ、唇を塞《ふさ》がれ、美紗希はもがいた。いやいやをして翔平から離れようとした。だが、翔平は背中にまわした腕にいっそう力を込めた。美紗希の口からは、くぐもった声しか出なかった。

コートを着たままの美紗希の躰《からだ》は、あっというまに汗ばんでいった。

「いやっ!」

ようやく顔を離した美紗希は、苦しげな息を吐きながら叫んだ。

「どうしてほかの男と結婚したんだ!」

さっきまでとちがう苦痛にゆがんだ翔平の顔があった。

自分も結婚した。だが、翔平も結婚して子供がいる。何もかも思い出になったのだと思っていた美紗希は、激情をあらわにした翔平に不安がつのった。

「出ていって……明日の十三回忌に出てほしいと言うのなら、おとなしく出ていって」

美紗希の声が震えた。

「十三回忌の法要は済んだ。先週終わったんだ」

「そんな……」

美紗希の唇が半びらきになった。

「どうしても会いたかった。たった一度抱かれただけで消えてしまうなんて酷《ひど》いじゃないか。酒を浴びるほど呑《の》んだ。忘れようと思った。きみが結婚したと知ったとき、愕然《がくぜん》とした。また呑んだ。結婚もした。だけど、忘れられなかった」

「あれは……酔っていたから、だから本気じゃなかったと言ったはずよ。酔って抱かれただけだって、何度言ったらわかってくれるの……」

美紗希の声は掠《かす》れた。


デザインの勉強をするためにアメリカに渡っていた翔平が帰国したのは、美紗希が大学三年のときだった。

寛雪のアルバイトをつづけていた美紗希は、屋敷で翔平と顔を合わせた。初対面のとき、寛雪、妙子とともに四人で料亭に行き、そのあと、翔平に誘われてパブに呑みに行った。

『親父のモデルとはね。退屈だろう？』

『モデルというのは口実。そうでないとバイト料がいただけないでしょう？　たいていおしゃべりしたり食べたり、ちっともお仕事してないの』

『うんとふんだくるといい。親父の絵、号あたりいくらすると思う？　そのくらい知ってるか。呆《あき》れるだろう？』

『だって、素晴らしい絵だから当然でしょう？　先生、どれだけ立派な賞をお取りになっているか。個展はいつだって満員。高くて当たり前です』

『やけに親父の肩を持つじゃないか』

『そんな……お母様のお話によると、翔平さんも日本画を描いていたんですってね。どうしてデザインの勉強をする気になったのかしら。お父様という立派な師がいらっしゃるのに』

『俺には日本画の才能がない。それがわかったからさ』

当時二十八歳の翔平は、広告デザイン会社をやるのだと張り切っていた。

天神の一等地のビルの一室を借りて忙しく動きまわっていた翔平だが、美紗希のバイトの日には屋敷に顔を出し、四人いっしょの食事になることも多かった。

ある日、翔平は美紗希に愛を告白した。美紗希も翔平に惹《ひ》かれるようになっていた。けれど、翔平の愛を受け入れるわけにはいかなかった。美紗希は半年前から、寛雪に抱かれるようになっていたのだ……。

半年前、寛雪の屋敷の一室で、美紗希はいつものように、眠りに落ちようとしていた。そのとき、和室の襖《ふすま》が開いた。

『美紗希……』

寛雪の声は落ち着いていた。

『どうなさったんです』

まだそのときの美紗希は何も警戒していなかった。

『美紗希にはまだ恋人らしい男もいないようだ。だから、抱きたいんだよ。かまわないね？』

薄闇《うすやみ》のなかでそう言った寛雪は、呆然《ぼうぜん》としている美紗希の布団のなかに躰を滑り込ませた。

『だめ、先生……奥様が』

『ワインに睡眠薬を入れたんだ。ぐっすり眠ってる。大丈夫だ』

『そんな……あっ』

寛雪の生あたたかい唇が美紗希の唇を塞いだ。そして、寝巻の胸元に手を入れてきた。美紗希が泊まるたびに、妙子が用意してくれるものだ。予想もしていなかったできごとに、美紗希の総身はねっとりと汗ばみ、心臓は飛び出しそうなほど大きな音をたてていた。

いつもは絵筆を握っている手が、乳房を揉《も》みしだき、乳首を微妙に責めたてた。たちまち妖《あや》しい疼《うず》きが指先にまでひろがっていった。

『だめ……だめ』

美紗希は押し殺した声を上げながら、ずり上がっていった。頭が布団からはみ出した。

『よく感じる。いい躰だ。こんなに感じる躰をしていながら、本当に男はいないのか。美紗希を大事にしたいから裸にはしなかった。美紗希もヌードはいやだと言っただろう？　だけど、我慢できなくなったんだよ。美紗希の裸を見たい。見せてくれるだろう？』

美紗希は首を振り立てた。慕っていた寛雪に女として見られていたことを知り、美紗希は動揺するしかなかった。けれど、躰は徐々に熱くなり、乳首だけでなく、下腹部も疼きはじめた。

『もう処女じゃないはずだ。怖くないだろう？　やさしくしてやる』

耳元で囁《ささや》きながら、寛雪は片手で乳首をいじりまわした。もう一方の手は乱れた寝巻の裾に入り込み、秘密の部分を隠している布切れを太腿《ふともも》へと引き下ろした。

『いやっ』

美紗希は泣きそうな声を出して拒んだ。

翳《かげ》りをかき分けた寛雪の指が、ほっくらした肉のあわいに沈み、花びらの縁を辿《たど》った。

『おお、濡《ぬ》れてる。こんなに濡れてる。よく感じる躰じゃないか。こんなに感じる躰を持って、美紗希は幸せな女だ』

指は次に、もっとも敏感な肉の尖《とが》りを探しあて、円を描くようにやさしく揉みしだきはじめた。

『いやいや。しないで』

美紗希は身悶えした。

『感じてるじゃないか。ほら、こんなに。いい子だ』

総身が燃えるように熱くなっていく。これまで美紗希は、それほど巧みに動く指を知らなかった。ときどき指で自分を慰めることもあるが、美紗希以上に美紗希の躰を知っている指だった。

肉の豆をさわられているのはわかる。けれど、肉の尖りのどんなところをどういうふうにさわられているのか、その微妙なところがわからない。それほど巧みな動きだった。

声を上げながら逃げようとしていた美紗希だったが、そのうち、満ち寄せてくる法悦の波に負けた。

『ああっ、先生……いや』

『うん？　いやじゃないだろう？　どんどん蜜《みつ》が溢《あふ》れてきてるじゃないか。可愛かったオマメも大きくなってきた。いいだろう？　してくださいと言ってごらん』

美紗希は、いや、という言葉だけを繰り返した。けれど、徐々に肉の塊になっていくような気がした。そして、溶けていくような気がした。

寛雪はゆっくりと尖りを揉み、花びらをもてあそび、女壺にその指を押し込んだ。

美紗希は声をあげながら鼠蹊《そけい》部を突っ張った。

『ここも上等だ。やわらかくてよく締まる』

乳首と同時に女園もいじりまわされ、美紗希は小水を洩《も》らしたように蜜液をこぼしつづけた。

『おかしくなる……先生……いや……おかしくなるの』

美紗希はすでにふたりの男を知っていたが、過去の若い男は唇へのキスのあと、早急に女壺に肉茎を挿入し、激しい抽送で気をやった。

口で女の器官を愛されもしたが、躰や子宮の奥の奥から総身に向かって疼きをもたらすような、そんな繊細なものではなく、急激に昂《たか》まって弾《はじ》けてしまう法悦だった。

寛雪の愛撫《あいぶ》は髪の生え際までをぞくぞくとさせた。女であるということが切なく、哀《かな》しいほどに心地よかった。

『美紗希のすべてを見たい。見せてくれるだろう？』

『いや……』

『見たい。お利口さんだ。全部見せてごらん』

父親より年上の寛雪が、子守歌のようにやさしく気怠《けだる》い口調で囁きつづけた。

明かりがつき、眩《まぶ》しい光のなかで、美紗希は寝巻を剝《は》ぎ取られていた。白い太腿を大きく押しひろげられ、指で受けた愛撫だけで充血してふくらんでしまった花びらや肉の豆を見つめられていた。

『きれいな陰部《ほと》だ。こんな色は出そうと思っても、なかなか出せるものじゃない……いや、どんなに頑張ってみても出せないかもしれない。美紗希、とってもきれいな陰部だ。桜色でもない、石竹色《せきちく》でもない、撫子色《なでしこ》か……いや、薄紅梅か。ちがう、鴇《とき》色ともちがうし』

『いやいや。言わないで』

微妙にちがうピンク色の名を口にする寛雪に、美紗希は顔を覆った。脚を閉じようともがいたが、寛雪の手はがっしりと太腿を押し上げていた。

顔を覆っているわずかの隙《すき》に、寛雪のねっとりした舌が、会陰《えいん》から花びら、肉の豆へと滑っていった。美紗希は、あっ、と声をあげた。

仔犬が仔猫が皿のミルクでも飲んでいるような恥ずかしい音がした。美紗希は羞恥《しゅうち》と快感に汗を滲《にじ》ませた。尻をくねらせ、くぐもった声をあげながら、さらにずり上がっていった。

包皮から頭を出している充血して太った肉の豆をそっと吸い上げられたとき、じわじわと昂められていた美紗希は、いっぺんに昇りつめて弾け飛んだ。

形のいい椀《わん》形の乳房を載せた胸を突き出し、背中を浮かせて恐ろしいほど痙攣《けいれん》している美紗希は、女の悦《よろこ》びを眉間《みけん》に刻んでいた。秘口も激しい収縮を繰り返した。

そんな美紗希を冷静に観察していた寛雪は、寝巻を脱ぎ捨て、ゆっくりと汗ばんだ躰にかぶさった。そして、肉茎を熱く濡れた秘口に押し当て、腰を沈めていった……。

それから、寛雪はときおり郊外のラブホテルで美紗希を愛するようになった。けれど、寛雪は行為そのものは行わず、指や口で一方的に責め立て、美紗希が昇りつめるのを見て満足することが多かった。

『美紗希はきっと私の最後の女だ。美紗希、何とかわいい女だ』

寛雪は会うたびにそう言った。

許されないことと知りながら、美紗希は徐々に寛雪に傾いていった。妻の妙子に対する罪の意識はあったが、愛情は深まっていくばかりだった……。

「翔平さん……いまさら抱かれることはできないわ。お互いに子供までいるのよ。それに、本当に酔ったうえでの過ちだったの。本気じゃなかったって言ったはずよ」

翔平の父親である寛雪と深い仲だったことだけは知られてはならない。美紗希は酒のうえだったことを、かつてのように強調した。

「酔っていたから抱かれた？　本気じゃなかった？　いや、ちがう」

翔平の断定的な言葉と鋭い視線に、美紗希の胸が喘いだ。

「親父に抱かれていたからだ」

翔平の次の言葉に、美紗希の顔は強《こわ》ばった。

「知ってたんだ。偶然、親父の車に乗ってるきみを見かけた。俺はタクシーを拾ってあとをつけた。どうしてそんな気になったのか、きっと、いつになく異様な空気を感じたからかもしれない。車は佐賀に近い静かな郊外のラブホテルに入っていった。僕は自分の目を疑った。タクシーを下りて車が出てくるのを待った。車は二時間半もして、やっと出てきた」

美紗希は大きな目を見ひらいて翔平を見つめた。躰が熱くなり、心臓が飛び出しそうなほどに高鳴った。

「ほんの数日前に俺に抱かれたきみが、親父とホテルに入るとは信じられなかった。それから、きみは二度と俺に抱かれようとはしなかった。酔っていたからとそう言った。そして、やがて消えてしまったんだ。父親と息子に抱かれて平気な顔で居つづけられるなら大したもんだ。だけど、きみはそれができなかった。でも、消えてほしくはなかった。矛盾した俺の気持ちがわかるか」

翔平の顔は、怒りと哀しみに歪《ゆが》んでいた。それから、また過去の話を続けた。

両親が留守のとき、翔平は泥棒猫のように寛雪の部屋に入った。隠してあるような画帳を見つけ出してめくった。それは、裸体のデッサンだった。しかし、モデルの顔は描かれていなかった。翔平は美紗希だと思った。

別の一冊の、陰部ばかり精密に描いた画帳を見つけたときは、寛雪と美紗希に怒りが湧いた。嫉妬《しっと》した。

「それから俺はほとんど家に帰らないようになったんだ。会社のすぐ近くに部屋を借りて暮らすようになったんだ」

「翔平さん……何も否定しないわ……でも、私も辛《つら》かったの。奥様がいらっしゃる先生に抱かれていたということ。先生に情が移っていながら帰国した翔平さんにも惹かれていったこと……先生と関係を持たなかったら、翔平さんと結婚できたかもしれないと思ったこともあったわ。だから翔平さんと呑んだとき、身動きできない自分が苦しくて酔ってしまったの。酔いにまかせて、とうとうホテルに行ってしまったの。ずっと翔平さんに抱かれたかったのよ」

そのとき、寛雪に対する罪の意識と、とうとう好きな男に抱かれたという悦びがあった。

「でも、許されることじゃなかったわ。翔平さんに抱かれたあと、二度と先生にも翔平さんにも会っちゃいけないと思ったわ。でも、先生が私のアパートに訪ねてきたの。お別れを言うつもりで車に乗ったわ……それがきっと翔平さんにつけられた日のことだと思うわ。だけど、先生はそれからも訪ねてらっしゃったの。だから、いっそ、お屋敷に伺って日帰りする方が安全だと思ったの。あれから、先生との関係はなかったわ。私が避けたの。本当よ。でも、先生の辛そうなお顔を見るのも忍びなくて、遠いところに行こうと思ったの。だから、就職先を東京にしたの」

「抱かれたかったと言ってくれたな？　やっぱり俺を愛していてくれたんだな。ずっと信じていたんだ」

翔平はベッドに美紗希を押し倒した。

「だめっ。だめよ。いまさら。あっ」

翔平は乱暴に美紗希の服を剝ぎ取っていった。

「お願い、やめて……」

子供までいながら昔の男を忘れられない自分を罪深いと思っていたが、翔平も美紗希への思いを消し去ることができずにいたのだ。それがわかっても、抱かれることはできないのだと美紗希は自分に言い聞かせた。

乳房を隠し、太腿を固く合わせた。総身でいやいやをして拒んだ。

大学生だった美紗希が人妻となり、子を産み、腰のあたりに、より女らしい肉がついている。もともと美しかった美紗希の躰が、昔とは比べものにならないほど艶《つや》やかな躰になっている。輝いているような総身に、翔平は息を呑み、見知らぬ美紗希の夫に嫉妬した。

「先生の法事に出るつもりで来たの。翔平さんはそう言って私を呼んだのよ。私を騙《だま》して抱いたりしないで。お互いに子供もいるのよ。わかるでしょう？　もう私たちのことは昔のことなの。終わったことなのよ。先生との関係も翔平さんとの関係も」

翔平はジャケットやセーターを脱ぎ捨てていった。裸になり、恐ろしいほど胸を喘《あえ》がせている翔平の目は、何かに憑《つ》かれているように血走っていた。美紗希の皮膚が粟《あわ》だった。

「終わらないんだ。死ぬまで終わらないんだ。終わるはずがないんだ。美紗希、俺は親父を殺したんだ。生きている限り、この苦しみは終わるはずがないんだ。この秘密は墓まで持っていくつもりだった。だけど、日に日に苦しくなるんだ。俺はこの秘密をどうしても美紗希にだけは聞いてほしかったんだ」

いつしか名前を呼ぶようになっていた翔平は、美紗希に覆いかぶさって、狂ったように唇を吸った。

「待って。何を言ってるの……先生は心臓発作で亡くなったはずよ。新聞の死亡欄にもそう出ていたのを覚えているわ。翔平さんだってそう言ったはずよ。ああ、しないでっ！」

肩の横で両腕を押さえつけた翔平は、学生のときより色づいている美紗希の乳首を吸い上げた。子供に母乳を与えたせいか、果実も以前より大きい。それでも、乳房には張りがあり、仰向けになっていても美しい紡錘《ぼうすい》形を保っている。子供を産んだことがないと言っても通るようなふくらみだ。

翔平は乳首を舌先で転がしては吸い上げた。

「しないで。お願い」

美紗希は必死で抵抗を試みた。腕を押さえつけている翔平の力は強い。乳首を舐《な》めまわされているだけで、感じやすい美紗希の躰は燃え上がっていった。

翔平の手が腕から離れ、下腹部に伸びた。

「だめっ！」

翔平の手を払った美紗希はうつぶせになった。その直後、翔平の手が美紗希の両手をうしろに持っていった。

何かで手首をくくられるのがわかり、美紗希は汗をこぼしながら暴れた。だが、そのときはすでに遅く、美紗希はスカーフで手首をひとつにされ、うしろ手にくくられていた。

ひっくり返され、美紗希はまた上向きになった。両手が背中の下敷きになった。

「こんなこと、しないで……お願いだから」

相変わらず翔平は狂ったような目をしていた。美紗希の知っている翔平ではなかった。

「こうしないと拒むんだろう？　こうしないとおとなしく抱かれてくれないじゃないか」

「抱かれるわけにはいかないの。わかるでしょう？」

「言うな！」

美紗希を一喝した翔平は、いきなり肉茎を秘裂に押し当て、強引に腰を沈めていった。

いた。

乳首を愛撫されて少しは濡れていたものの、手首を拘束されたとき、恐怖で蜜は乾いていた。少しずつ剛直は沈んでいくものの、太い杭《くい》を躰の中心に打ち込まれているようにひりついた。

やがて翔平のものは女壺の底まで沈んで止まった。

「酷《ひど》い……こんなことするなんて……酷い」

電話がかかってきたときも、空港で迎えられたときも、この部屋に入ったときも、こんなことをされるとは予想もしていなかった。美紗希は口惜しさにすすり泣き、そのうち、しゃくり上げた。

「泣くなよ！　好きだったと言ってくれたじゃないか！」

翔平の腰が激しく動き出した。

美紗希を抱いたかつての翔平は二十代の後半だった。美紗希はあのころの若々しい翔平に犯されているような気がした。時間が一気に遡《さかのぼ》るのを感じた。寛雪さえも健在で、ぬっとどこからか顔を出すのではないかという気がした。

「痛い！　やさしくして！　乱暴にしないで！」

「痛い！」

背中の下になっている腕が痛んだ。自分と翔平の体重で潰《つぶ》れそうだ。

「いけ！　いけよ！　いってくれ！　美紗希！」

顎《あご》からポタポタと汗をしたたらせながら、翔平はひたすら女壺に腰を打ちつけた。

美紗希は快感より痛みを感じた。寛雪が指や口でねっとりと総身を愛撫してエクスタシーに導いてくれたように、美紗希は時間をかけた前戯でしか昇りつめないようになっていた。激しさより、やさしい愛撫《あいぶ》で火がつく女なのだ。

翔平が短い声を上げた。美紗希を置いて、ひとりだけ絶頂を極めて硬直したのがわかった。硬直が解けて美紗希の上にかぶさるように躰を預けた翔平に、美紗希はまたすすり泣いた。

よろりと起きあがった翔平は美紗希のいましめを解いた。

「悪かった……シャワーを浴びるぞ」

美紗希を抱き起こした翔平は、いやがる美紗希を浴室に引っ張っていき、下腹部だけでなく、足指の間まで洗っていった。

「俺を恨むんだろうな……あのころ、美紗希は親父と俺に抱かれた。だけど、結婚してから、ほかの男に抱かれたことがないのはわかっている。美紗希がどんなにまじめな女かよくわかってるんだ。だけど、抱きたかったんだ」

「まじめな女だなんて言わないで……でも、渡したい絵があるなんて……そんな嘘をついて呼び出すなんて」

夫を裏切ったうしろめたさに、美紗希は東京に帰るのが恐ろしかった。子供の顔も浮かんだ。

「渡したい絵は持ってきた。嘘じゃない」

翔平は入口に近いクロゼットを開けて、百号ほどの絵を出した。

「〈春うらら〉が……どうしてここに……？」

美紗希は息が止まりそうになった。

「なぜ知ってるんだ。これは親父が死ぬ前の年に描いたんだ。まさか、あれからも親父と……」

翔平の息が乱れた。

美紗希は横浜の結婚式場でこれを見たことを話した。しかし、どうしてそれがここにあるのか狐《きつね》に抓《つま》まれたような気がした。

「綿帽子をかぶっていて顔がわからないけど、誰か気になって……写真も撮ったの。それがここにあるなんて……」

「それとはちがう。同じ絵が二枚あった。倉庫に隠すように置いてあったんだ。〈春うらら〉

という題は俺がつけた。本当は〈美紗希〉という題がつけられていた」

「嘘……」

あまりの意外さに、美紗希は無意識のうちに首を振った。

「美紗希、俺の話を聞いてくれ！」

翔平が不意に、恐ろしいほど荒々しい息を吐いた。

「俺は親父と美紗希の関係を知って親父に嫉妬した。憎しみも抱いた。お袋が友達と旅行に出かけているとき、俺は久しぶりに家に寄った。そのとき、親父が狭心症の発作を起こしたんだ。元々持病があるのは知ってただろう？　美紗希がいなくなってからは、頻繁に発作を起こすようになったんだ。だからお袋は、旅行の間、家にいてくれと俺に頼んで出かけたんだ」

寛雪がめったに行為そのものをせず、指や口で悦ばせていたのは持病のせいだと、美紗希もそのうちに寛雪自身の口から聞いた。だが、それほど悪化していたのは知らなかった。

「親父はニトロを手放せなくなっていた。親父が発作を起こしたとき、ニトロは机の上にあった。親父は取ってくれと言うように机に向かって手を伸ばして、苦しそうな顔をして俺を見た。そのとき俺はニトロを取ったが渡さなかった。どうして美紗希を抱いたんだと、憎々しげに叫んでいたんだ」

美紗希は胸を押さえた。

「俺も美紗希を抱いた。親父さえ美紗希に手を出さなかったら、俺は美紗希といっしょになれたんだ。美紗希も苦しんで東京に行くことはなかったんだ。そう言ったんだ」

翔平は肩で息をした。

「親父は苦しそうな顔をした。心臓の苦しみじゃない、別の苦しみの顔だった。そして、やっとのことで、許してくれと言った。そして、美紗希を……と言って死んだんだ。そのあと何を言おうとしたのかわからない。でも、きっと、美紗希を本当に愛していたと言おうとしたような気がした……俺が親父を殺したんだ。ニトロさえすぐに渡してやれば」

翔平が寛雪を殺した……。

美紗希の頭が真っ白になった。翔平のベッドでの言葉は嘘だと思っていた。けれど、嘘を言っているようには思えない。ますます息苦しくなった。

「涅槃西風《ねはんにし》というのを知ってるか。親父の死んだそのとき、強い西風が吹いていた。俺が小さかったころ、親父によく風の名前を聞かされたんだ。涅槃会《ねはんえ》のころ吹く強い西風は涅槃西風といって、浄土からの迎えの風だってな。親父が発作を起こす前、ああ、きょうは涅槃西風が吹いてるなと思った。俺は涅槃からの迎えの風にむりやり親父を乗せた……親父を殺したんだ……見殺しにするほど美紗希のことが好きだったんだ！」

翔平の言葉が掠れた。翔平の目に涙が浮かび、肩先が震えだした。

「美紗希がいなくなってからも、親父は美紗希を描いていた。お袋にも見せず、描いたものは倉庫に隠していたんだ。それほどまでに美紗希を愛していた親父が憎かった。親父を見殺しにしたという苦しみの一方で、憎しみはそれでも消えなかった。でも、ようやくこのごろ、親父の切ない気持ちがわかるようになった。すると、親父に対する罪の意識に狂いそうになるんだ。親父の葬式のあと、ほとんどの絵は売り払った。でも、〈春うらら〉より出来のいいこれは手放せなかった。同じようでいて、この方が出来がいいんだ。並べて見てもらえばわかる。頼むから受け取ってくれ」

結婚式場で〈春うらら〉を見たとき、寛雪の絵だというだけでなく、綿帽子に隠れた女の顔が気になった。当然だ。それは、寛雪から美紗希へのメッセージが込められていたのだ。綿帽子の女は美紗希だったのだ。

幸せな花嫁になれということなのか、私の花嫁にしたかったという意味なのか、ひょっとして翔平の気持ちに気づいていて、翔平の花嫁になった美紗希を想像していたのか……。

また熱いものがこみ上げてきた。

「美紗希、俺をどうする……俺は親父を殺したんだ」

「涅槃西風が吹いていたんでしょう？　たとえすぐにニトロを渡したとしても、間に合わなかったかもしれないわ。だからきっと……お迎えの風が吹いていたのよ……もう自分を責めないで」

もしかして、そのときと同じ風が、手を合わせた一時間ほど前の墓地にも吹いていたのかもしれない。

翔平は十二年もの間、ひとりで苦しんでいた。ついにその秘密をひとりでは背負いきれなくなって美紗希に告白した。

翔平に憎悪がなかったら、寛雪は助かっていただろうか。どちらにせよ、翔平をそこまで追いやるきっかけをつくったのは美紗希だ。翔平より美紗希の罪の方が重いのかもしれない。

（どうして寛雪先生と翔平さんは親子なの……）

これまで幾度となく問いかけた言葉を、また美紗希は心の内で呟いた。

「翔平さん、もう一度だけ抱いて……今度はやさしく抱いて。今夜だけは翔平さんの花嫁さんになるわ。先生は私にこんなに立派な花嫁衣装を着せてくださったんだもの」

翔平の苦悶《くもん》の表情がやわらいできた。

落ち着きを取り戻した翔平の愛撫は、さっきとは打って変わってやさしかった。寛雪の指の感触が甦《よみがえ》ってきた。

戻《もど》り梅雨《づゆ》

ビルの六階にある会社を五時を待つようにして退社した奈緒子は、電車でふた駅目にあるひとり暮らしのアパートに戻った。

急いでシャワーを浴び、深紅のカクテルドレスに着替えた。胸元が広くあいたノースリーブのシルクのドレスだ。

小さなダイヤのついたゴールドのネックレスをつけ、昼間のＯＬのときよりやや濃いめの口紅をつけた。マニキュアは透明に近いピンク。つや出し程度でしかないが、ドレッサーに座って頬《ほお》のあたりに指先を持っていくと、ほっそりした指が輝いて見えた。

背中に流れている漆黒の髪は、さらさらとして細く艶《つや》やかだ。薄いファンデーションをつけたあとは口紅をつけただけで、大きな目が印象的な奈緒子の顔は十分に引き立った。

地味なスーツから目にも鮮やかな紅《あか》いドレスに着替えても、これからパーティに出かけるお嬢さんという感じにしか見えない。だが、奈緒子が銀座のクラブでヘルプとして働くようになって三カ月になる。

　不景気なだけに、バブル全盛期の半分どころか三分の一以下の客しか来ないと、四十代半ばのママは嘆いている。それでも、店を閉めないですんでいるだけましかもしれない。

　クラブに勤める前、奈緒子は近所のスナックに勤めていた。中学生のときから革細工を趣味にしており、自分の作品も並べられる小さな手工芸品の店でも出せたらという夢をいつしか持つようになっていた。計画性のない漠然とした夢だったが、それだけでも生き甲斐《がい》ができた気がした。それから、まずはお金を貯《た》めようと、一年半ほど前から会社にないしょで、夜も働くようになった。

　そこにやってくるようになった客のひとり、大手保険会社に勤める金井から、奈緒子ならもっといいところに勤められるはずだし、銀座に勤める気があるなら紹介してやろうと言われた。

　クラブなど別世界と思っていた奈緒子だが、勤務時間は七時から十一時四十五分までで、同伴をすれば八時入店でもいいとわかり、六時から一時までのスナック勤務に比べるとはるかに楽だと思ってしまった。

　スナックでは週三回のアルバイトをしていた。だが、勤務時間が短いクラブなら、通勤に電車で三十分ほどかかるが、金曜まで連日働いてもいいし、スナックの時給とは比べものにならない高給を取ることができる。最終的には、間を一日休んで月火木金の四日働くこととして、奈緒子はクラブに鞍替《くらが》えしてしまった。

素人っぽいことが客達に人気で、高額なチップもたびたび入ってきたが、服やアクセサリーの出費ははるかに多くなった。スナックに勤めている方がよかったかもしれないと後悔したが、紹介者の金井の手前、少なくとも半年か一年は辞めるわけにはいかないという気がした。

二、三日前、梅雨は明けたと言っていたが、またじめついた雨が降っている。戻り梅雨だ。雨の日は客が少ない。
そんなこともあり、八時半過ぎ、鈴見が現れたときは驚いた。チーフやママは、いらっしゃいませ、と言ったものの、若すぎる客だけに、店をまちがえたのだろうというような顔をしている。鈴見は奈緒子よりひとつ年上の二十七歳だ。

「奈緒子さんはいますか……ナオさんです」

心細そうな声だったが、奈緒子の客とわかったママの唇が大きくゆるんだ。奈緒子は店でナオという源氏名を使っていた。

チーフが、鈴見をボックス席へと案内した。

「来てくれるなんて思っていなかったから……ほんとにびっくりしたわ……ここ、すぐにわかった？」

奈緒子は嬉《うれ》しさに昂《たか》ぶった。

鈴見はスナックに勤めていたときの客で、紙製品や事務機器を扱っている中小企業に勤めているサラリーマンだ。

スナックのバイトが終わったあとや、バイトのない日に、奈緒子は何度か食事に誘われた。数度目には鈴見の部屋に誘われた。好きだというクラシックを聴かされ、静かな時が流れていった。

鈴見に対して特別な感情はなかったが、何度か部屋に通ううちに、まじめさとひたむきさに負けて抱かれた。そのとき、ひとり暮らしもそろそろ潮時かしら……と考えた。

奈緒子目当てに頻繁にスナックには顔を見せていた鈴見だが、銀座のクラブとなると手も足も出ないといったふうで、奈緒子も来てくれとは言わなかった。

「どうしたの……？　クラブだから高いのよ。いいの？」

「誕生日だから……」

鈴見がぽつりと言った。

きょうは奈緒子の二十六歳の誕生日だ。奈緒子も自分の誕生日を忘れるはずがなかった。けれど、まさか鈴見がその日にやってくるとは思わなかった。

鈴見はさほど強引ではないし、奈緒子もどうしても抱かれたいとは思わなかった。週末に会っても、食事をしたり軽く呑《の》んだりするだけで別れることが多く、すでに何度か肉体関係を結んでいながら、くすぶったままで燃え上がらない生木のような関係がつづいていた。鈴見が真剣でも、奈緒子はいつも冷めていた……。

「いらっしゃいませ。ナオさんのお知り合いだったのね。あんまりお若いから」

水辺で遊ぶ川とんぼを描いた薄紫地の紗《しゃ》の着物を着たママがやってきた。

「スナックに勤めていたときのお客様の鈴見さんです。鈴を見るって書くんです」

「珍しいお名前ね。はじめまして。よろしくね。お酒、何にしましょうか。初めていらっしゃった記念にボトルをお入れになる？　うちはそう高くはないのよ。お安いのもあるわ」

それでもキープすれば一本三万円というウィスキーを、ママは鈴見に勧めた。

「じゃあ、お願いします」

「えっ？　いいの？」

ボトルを入れなくても数万円は取られる店だけに、商売っ気のない奈緒子は、鈴見の懐を心配して尋ねた。

「いいわよね。せっかくだもの」

ママはすぐさま、ボーイにボトルを持ってくるように言った。

ボトルが入ると、ママは十分ほどしてほかの客の席に移っていった。

「お勘定、大丈夫かしら……足りなかったらツケでいいから」

「ちゃんと用意してきた。だけど、何だか場違いだな……」

客はさほど多くないが、落ち着いた五十代の客が中心だ。

寡黙な鈴見は冗談を言うでもなく、じっくりと酒を呑むタイプで、カラオケを歌うこともめったになかった。放っておけば文句も言わずに、勝手に呑んでいた。しかし、クラブとなればスナックのカウンターで呑むのとわけがちがう。

「若いお客さんだから、きっとみんなが一目置いてるわ。お勘定が高いから、スナックのときよりサービスしなきゃ」

奈緒子はつとめて明るく言った。

「この服、どう？」

「似合うよ」

「クラブは衣装が大変なの。今のところ、お友達の結婚式のときに着たこれが一番高いの。みんな高価なのを着てるでしょ？　スナックに勤めてた方がお金が貯まったかもしれないわ。

でも、金井さんの顔はつぶせないし、せめてあと半年は頑張らなくちゃ」

「買ってやろうか」

「えっ？」

「服。四、五万円のなら買ってやれる」

「そんな……ここできょうは高いお勘定を払わなくちゃならないのに、お洋服だなんて……いいのよ」

無口な鈴見だが、奈緒子への思いが伝わってくる。だからせっせとスナックに通い、そのうち食事に誘い、何カ月目かに部屋に誘い、好きだという言葉の代わりに、そっと抱き寄せて抱いたのだ。

スナックの客達の中で銀座まで足を運んだのは、奈緒子に店を紹介した金井と、この鈴見だけだ。ひょっとすると鈴見は奈緒子がクラブに勤めなければ、一生こんな店で呑むことはなかったかもしれない。たった二、三時間で五万、十万という金を取られるのだ。

無理をしてまでやってきた鈴見に、奈緒子はありがたいと思うと同時にうしろめたい気がした。

鈴見とのゆるやかな時間が流れていたとき、今度は唐突に水野が現れた。

奈緒子の鼓動は激しく乱れた。鈴見が現れたときとは比べものにならないほどの動揺だった。

水野は四十八歳、一部上場企業の佐久間電気企画部の部長代理をしていたが、今は大阪支社の経理部長になっていた。

奈緒子が大学生のとき、ある居酒屋で隣り合わせになったのがきっかけでつき合い始めた。それから、すでに五年も関係がつづいていた。

最初から妻子ある男とわかっていたが、別れられずに今日まできた。ただ、水野は奈緒子の将来を考え、大阪支社に転勤になった二年前から、一週間に二、三度の電話を一度にし、やがて、十日に一度、一カ月に一度と間隔をあけていった。よほどのことがない限り、会社に電話は掛けないようにと言われていただけに、嫌われたくない一心で、奈緒子は声を聞きたくても必死に我慢した。

そのうち、諦《あきら》めなければならない人だろうかと思うようになり、熱心な鈴見の求めに応じて抱かれ、結婚をぼんやり考えたりもした。けれど、どうしても鈴見には甘えることができなかった……。

初めての客がまたも奈緒子の知り合いと知り、ママは上機嫌だ。

「ナオちゃんの躰《からだ》はひとつしかないわ。水野さん、ごいっしょにどうかしら」

意外なママの言葉に、水野も鈴見もいやな顔はしなかった。ふたつの席を動きまわらなくてもよくなったが、奈緒子は困惑した。

普通、クラブでは知らない客同士の相席は考えられない。しかも、まだ空いている席がある。奈緒子がホステスではなく、ホステスを助ける役割のヘルプとして雇われていること、そのヘルプの客をプライドの高いホステスに相手をさせるわけにはいかないというママの判断かもしれなかった。

「ママ、近くにまだ開いてるケーキ屋さんはないかな」

お絞りを使ったあと、水野が尋ねた。

「ありますけど」

「きょうは確かナオちゃんの誕生日のはずだ。ケーキでも買ってきてもらおうかな」

「あら、そうなの？」

「ええ……」

奈緒子は気になる鈴見の顔をちらりと見て頷《うなず》いた。

「娘と同じバースデイだったような記憶があるんだ。娘はアメリカの大学に留学しているから、代わりにと言っちゃ失礼だが、ナオちゃんに娘を重ねてお祝いさせてもらおうかと思って」


水野に娘はいない。子供は息子だけだ。鈴見の手前そう言ったのだと奈緒子にはわかった。

「すぐに買ってきてもらいますから。そう、ナオちゃんはお誕生日だったのね。言ってくれたらよかったのに。それで、お飲み物はどうしましょう」

「じゃあ、彼と同じボトルを」

「まあ、入れてくださるの？　嬉しいわ。どうもありがとうございます」

貫禄ある態度や高価な背広を一目見て、そこそこに地位のある男とわかるのだ。ママの対応は鈴見に対するより丁寧だった。

「私にもお名刺いただけるかしら」

「僕は二度目に渡すことにしてるんです」

「あら、振られちゃったのかしら。でも、また明日にでもいらっしゃって。そしたらちゃんといただけるわね」

いつものことながら、どことなくしどけない衿元《えりもと》に手をやりながら、ママはねっとりした口調で言った。

ボーイがケーキを買ってくると、蠟燭《ろうそく》が点《とも》った。奈緒子は水野、鈴見、ママの見守る中で炎を吹き消した。大きなケーキはボーイによってナイフを入れられ、客やホステス達にも配られた。

やがてママが他の席に移り、三人になった。

「ナオちゃんの彼氏が来てるとは思わなかったんだ。邪魔して悪かったたな」

「あ……いえ……」

鈴見はそう言って黙った。

鈴見のことを彼氏などと言った水野が、奈緒子には恨めしくてならなかった。そして、せっかく鈴見が金を工面して銀座までやってきたというのに、奈緒子の心はもはや鈴見にはなかった。

水野は奈緒子の誕生日を祝うために、仕事が終わってからわざわざ新幹線で大阪から上京したのだろう。誕生日と出張がたまたま重なったとは思えなかった。やってくるなら来ると事前に言ってくれればいいものをと、また奈緒子は恨めしくなった。わかっていれば仕事を休んで時間をつくったのだ。

水野とふたりきりで話せないのがもどかしかった。水野と最後に会ったのは一月中旬だ。すでに半年ほど前になる。それから、数度電話をもらい、奈緒子からは一度だけ会社に掛けた。銀座の店に移ることを告げておきたかった。仕事で上京したとき、水野なら店に顔を出しても支払いに困ることはないだろうと思った。

「水野さんもスナックのお客様だったのよ。忙しくて最近はほとんどお見えになってなかったから、鈴見さんとは顔を合わせたことがなかったかしら……クラブに移ったこと、いちおう連絡しておいたの」

鈴見に水野との関係を悟られたくないと、奈緒子は陽気さを装ってごまかした。無口な鈴見は、かつて奈緒子が勤めていた店のママに、わざわざ水野のことなど尋ねるはずがない。奈緒子には鈴見の性格がわかるようになっていた。

「でも、びっくりしました……水野さん、きょうはお仕事は終わったんですか？　毎日、接待で大変なんでしょう？」

鈴見に嘘をついたあと、奈緒子は水野が大阪から出てきていることを悟られないようにと、適当に話をつくった。

「いろいろ事件があったし、今は接待は控えてるところだ。しかし、なかなかやさしそうな彼氏じゃないか。こんなに若いのに銀座のクラブまで来てくれるなんて、よほどナオちゃんにホの字だな。ナオちゃんもそろそろ家庭に入った方がいいんじゃないのか？　ナオちゃんは娘と歳《とし》が近いから、ついつい父親みたいなことを言いたくなる。男の目から見ても、ステキな彼氏だと思う。こんな彼を逃したら、あとで後悔するぞ」

水野は奈緒子が傷つくようなことを口にして笑った。水野の口調に皮肉はなく、心底、奈緒子の将来を思ってという感じがした。だから、いもしない娘を持ち出して、鈴見の手前、嘘を続けているのだ。しかし、よけいに奈緒子は口惜しくて哀しかった。

鈴見が化粧室に立った。

「きょうはどこに泊まるの？　もし彼が閉店までいれば、きっと送って行くって言われて、いっしょに帰らなくちゃならなくなるわ。でも、あとで必ずお部屋に行くから。ね、どこに泊まるか教えて」

鈴見が戻ってくれば、二度とこんな話はできなくなる。プライベートなことを話す機会は今しかないと、奈緒子は焦った。

「奈緒ちゃん、彼はきみのことを愛してるよ。すぐにわかった。いい人じゃないか。彼なら奈緒ちゃんを幸せにしてくれると思う。もう、僕のこと考えちゃだめだ」

「じゃあ、どうしてここに来たの？　どうして私の誕生日にここに来たの？　ここに来ていながら酷《ひど》いじゃない。ホテルを教えて。教えてくれないなら、水野さんがお店を出るときに、私もいっしょに出ていくから。誰に何と思われてもいいの。きょう限りクビになってもいいのよ」

奈緒子は涙が出そうになった。鈴見にどんなに薄情な女と思われてもいい。ともかく、今夜は水野についていくのだ。

奈緒子の強い決意がわかったのか、水野は背広のポケットからホテルのマッチを出した。

「大阪からまっすぐここに来た。予約はしてあるけど、まだチェックインしていないんだ。フロントで部屋番号を聞いてからおいで。ダブルを取ってある。でも、無理するんじゃないよ。彼に失礼にならないようにしなさい。遅くなってもいいから、ゆっくりおいで。来られなくなったらそれでもいいんだから」

水野に渡されたマッチを、奈緒子はギュッとつかんだ。

何も知らない鈴見が戻ってきた。

それから、さっきまでのようなさしさわりない会話がつづいた。

閉店一時間前、水野は、門限だと言って席を立った。

「まだよろしいじゃありませんか」

ママが駆け寄ってきた。

「このごろ女房がうるさくて」

水野はわざと鈴見に聞かせるようにして出ていった。

水野をママといっしょにドアの外まで送った奈緒子は、何食わぬ顔で鈴見の席に戻った。

「長いこと相席で悪かったわ。でも、ママがそう言ったから……ごめんなさいね。最後までいていいの？」

「ああ。送っていくから」

「でも、無理しないでいいのよ。あしたも仕事があるんだし」

「それなら奈緒ちゃんもいっしょじゃないか」

奈緒子は鈴見を邪険に追い返すことはできなかった。


閉店になると、奈緒子は外で待っていた鈴見といっしょに帰途についた。水野と会うことばかり考えていた。だが、焦っていると思わせないように気を使った。

アパートに着いたのは零時四十分だった。ドアのところまで鈴見が送ってきた。

「きょうはありがとう。たくさんお金を使わせてごめんなさいね。ママが現金だってびっくりしてたわ。クラブって現金払いは少ないのよ」

鈴見は部屋に入れてもらえると思っているだろう。きょうは奈緒子の誕生日でもあるのだ。だが、どうしても入れるわけにはいかなかった。他人ではない関係になっていながら、その鈴見を目の前にして水野のことばかり考えている自分を、奈緒子は冷酷な女だと思った。けれど、水野への思いを断ち切ることはできなかった。

「ほんとにきょうはありがとう。じゃあ、おやすみなさい」

「おやすみ」

ほかの男なら、そう簡単に引き下がらなかっただろう。高い金を払って奈緒子の勤めるクラブに行き、自宅まで送ってきた。幾度か躰を重ねた相手だけに、これから抱いて当然と思ったはずだ。それだけに、おとなしく背を向けた鈴見が哀れだった。淋《さび》しそうな背中だった。

(ごめんなさい……)

内心詫《わ》びながら奈緒子はドアを閉めた。鈴見に対する罪の意識に目頭が熱くなった。それでも、早く水野に会いに行きたかった。

すぐに部屋を飛び出したいのを堪《こら》え、奈緒子は二十分間、じっとしていた。万が一、外で鈴見に会うことになれば言い訳できない。言い訳するとなれば、やはり鈴見といっしょにいたかったからと言うしかない。そうすれば、鈴見の部屋に行くか、自分の部屋に入れるかのどちらかの選択しかなくなり、水野とは会えなくなる。

奈緒子は長すぎる時間を懸命に耐えた。一時になると、覗《のぞ》き穴から外を窺《うかが》った。それからドアを開け、タクシーを拾うために通りまで走った。

ホテルのフロントに着いたのは一時半だった。水野が店を出て三時間経《た》っていた。

「ご案内します」

一流ホテルだけに、深夜の訪問者とはいえ、奈緒子は部屋まで案内された。水野はダブルを取ってあると言っていたが、先にチェックインしている男の妻とは思われないだろう。不倫の匂《にお》いを確実に嗅《か》ぎ取っているはずの案内者に、奈緒子は落ち着かなかった。

「こちらでございます。では、ごゆっくり」

男が会釈して背を向けると、奈緒子は震える指先でドアホンを押した。

すぐにドアが開いた。

奈緒子はバスローブを羽織っている水野の胸に飛び込んだ。

「来たのか」

「早く会いたかった。もっと早く会いたかったのに」

「彼に悪かったな」

「言わないで」

泣きそうな顔をした奈緒子の唇を、水野がそっと塞《ふさ》いだ。

奈緒子は舌を絡ませると、がむしゃらに愛する男の唾液《だえき》をむさぼった。ディープキスというより、母親の乳首を夢中で吸う赤子のようだ。奈緒子は鈴見とのキスでは、決してこれほど積極的にはなれなかった。水野といると、別人になったように燃え上がった。

水野の方は奈緒子のしたいようにさせ、ときおり舌を動かしていたが、奈緒子の動きが緩慢になったとき、唇の内側をねっとりと舌先で辿《たど》った。

「くっ……」

ぞくりとする疼《うず》きが髪の付け根から総身へと広がっていった。奈緒子は水野の背中にまわしていた腕に力を込めた。水野の舌で触られたところは神経を剝《む》かれたように敏感になった。奈緒子の下腹部がざわついた。花びらや肉の芽が疼きだした。水野のものをほしがって切ないほどに疼いた。

「風呂に入っておいで。疲れただろう？　僕は汗をかいたままの奈緒子でもいいんだ。でも、ゆっくり風呂に浸《つ》かった方が疲れが取れる。奈緒子は働き過ぎだからな」

ふいに顔を離した水野に見つめられ、奈緒子は視線の眩《まぶ》しさにうつむいた。

「シャワー、浴びてきます」

浴室に向かおうとすると、水野の手が奈緒子の腕をつかんだ。

「ドレス、脱がせてやろう。この紅いドレス、とってもよく似合ってる。素敵《すてき》だ」

「ずっと前、いっしょに見る時間がないから自分で好きな服でも買いなさいって、まとまったお金を渡してくれたことがあったでしょう？　お友達の結婚式に出るために買ったの。本当は水野さんに真っ先に見せたかったのよ。でも、ちっとも会えないし、だから、お店にな

ら着ていけると思って何度か着るようになったの。これは水野さんからのプレゼントなの

……ありがとう」

「そうか、とっても素敵だ」

ふたたび軽く唇にキスをした水野は、じっとしている奈緒子のドレスを脱がせた。その下から鮮やかな朱のロングスリップが現れた。シンプルなシルクのスリップだが、裾《すそ》のフリルが上品で愛らしい。

奈緒子は白やベージュの下着が多かった。ドレスに合わせた下着だとわかるが、それでも紅いスリップは水野にとっては予想外で新鮮だった。

「シャワーはいい。このままおいで」

ベッドに引きずりこまれ、奈緒子はもがいた。

「シャワーを浴びてから。ね……」

「奈緒子の汗の匂いをうんと嗅いでみたくなった」

「いやいや」

逃げようとする奈緒子の両手を片手で押さえつけておき、水野はロングスリップを胸の上までまくりあげた。お揃いのショーツとブラジャーだ。火のように紅い。

ブラジャーをはずし、ショーツを手と足で引きずり下ろした水野は、踝《くるぶし》から小さな布きれ

を抜き取った。

「ああう……いや……シャワー……ああ、だめ」

乳首を頰《ほお》で撫《な》でまわされたあと、口に含まれて生あたたかい舌でこねまわされると、感じやすい奈緒子は背中までぞくぞくした。いつしか水野の肩を両手で強くつかんでいた。

水野の舌はふたつの乳首を執拗《しつよう》に愛撫《あいぶ》したあと、きれいに始末された腋下を舐《な》めて腹部へと下りていった。

翳《かげ》りを撫でられた奈緒子はそこを両手で隠した。水野の手が強引にそれを押し退《の》けた。脚を閉じようとしても、太腿《ふともも》のあわいに入り込んだ水野の躰が邪魔をした。

「オクチでしないで……シャワーを浴びさせて」

「気が変わった。シャワーはあとだ」

「嘘つき。お風呂に入っておいでって言ったじゃない。ああ、いや」

抵抗する奈緒子の柔肉をくつろげた水野は、顔を押し込むと、会陰から花びら、肉の豆に向かって一気に舌を滑らせていった。オスの欲情をそそるメスの誘惑臭が鼻腔《びこう》いっぱいに広がった。

奈緒子の腰がシーツから浮き上がった。それから、逃げようとしてずり上がっていった。

太腿を鷲《わし》づかみにした水野は、奈緒子がずり上がるだけ這《は》い上がっていき、秘園の愛撫をつづけた。

「ああっ、だめっ！」

シャワーを浴びてから時間が経っているだけに、奈緒子は嫌われるのではないかと泣きたくなった。けれど、またたくまに昂まり、昇りつめ、めくるめくときを迎えて、顎《あご》を突き出して打ち震えた。

同時に、秘口も激しく収縮した。

透明な蜜でぬるぬるしているパールピンクの美しい女園の花びらは、エクスタシーでぷっくりと充血していた。肉の豆も包皮から顔を出し、真珠玉のように丸々と肥え太っていた。

もう一度女園を愛《いと》しげに舐め上げた水野は、汗ばんだ奈緒子の躰にかぶさった。

「奈緒子のあそこの匂いを嗅ぐとクラクラする」

「いや……ばか」

羞恥《しゅうち》のために、奈緒子の耳たぶが朱に染まった。

水野はバスローブを放り投げると、硬く屹立《きつりつ》したものを、潤っている秘口に押し入れた。

「ああ……いい……ずっとほしかったのに……これがほしかったのに」

奈緒子はもっと深く入れてと言うように、水野に腰を近づけた。

「彼とはもう寝たか。まじめそうな男じゃないか。そろそろ落ち着くことを考えろ。夜まで働くことはないだろう？　そんなに働いてどうする。僕は離婚しないと最初から言っておいたはずだ。奈緒子を愛していてもいっしょにはなれないんだ」

「だったら、愛人でもいいの。生活費はちゃんと自分で稼ぐわ。あなたに迷惑なんかかけないわ。これまでだって、迷惑なんかかけなかったじゃない。ひとりの夜が淋しくて耐えられなくて、だから、水野さんが大阪に転勤になってから、夜も働くようになったんじゃない。何か夢を持たないと辛《つら》かった。だから、小さな革細工のお店を持とうと思ったんじゃないの。持てるか持てないか、そんなこと、どうでもよかった。でも、夢がないと辛かったのよ。寝るまでの時間をひとりの部屋で過ごすのが辛かったのよ」

　こんなときに残酷なことを口にした水野に、奈緒子は涙ぐみながら訴えた。

「奈緒子ひとりぐらいの面倒は見られる。だけど、奈緒子をそんなふうにしたくないんだ。奈緒子を幸せにしたいと思う男はいくらでもいるはずだ。あの彼だって奈緒子を愛してくれてるじゃないか。結婚して子供でもできれば」

「いやいやいやっ！　言わないで！　結婚なんかしないわ。ほかの人の子供なんていや！」

　淋しそうに帰っていった鈴見の後ろ姿が浮かんだ。けれど、水野がいる限り、ほかの男を愛することはできない。鈴見に愛されていることぐらいわかっている。だが、そんな鈴見を裏切って、奈緒子は深夜の道をタクシーを飛ばしてここに来た。やさしい鈴見への裏切りに対する痛みと、どうすることもできない水野への思慕に、奈緒子はすすり泣いた。

「どうしてお店に来たの？　私のことが好きだから、ちゃんと誕生日を忘れずに来てくれたんでしょう？　私のために東京に来て、この素敵な部屋を取ってくれたんでしょ？　お願い、二度と結婚しろなんて言わないで。何も言わないで朝まで抱いて」

奈緒子は水野を抱きしめた。

水野の腰が動きはじめた。ゆっくりと動く。浅いところを何度か往復しては深く沈む。熱い女壺が水野のものを放すまいと締めつけた。

水野の動きが徐々に速くなってきた。水野の顔から落ちる汗が、奈緒子の胸にポタポタとしたたり落ちた。

今までの水野とどこかちがう……。奈緒子はそんな気がした。水野は今夜限りで別れるつもりではないのか……。

一度は明けたと言っていた梅雨がまだ終わっていなかったように、水野との以前の時間がふたたび戻ってくればいい。けれど、まだつづいていくと思いたい水野との時間は、もしかすると今夜限りで終わってしまうのかもしれない……。

地の底に落ちていくような不安をうち消すように、奈緒子はしっかりと水野の背中を抱きしめながら、より深く腰を密着させた。

「もっと。もっと強く突いて。ああ、もっと……好き……離さないで」

水野を強く抱きしめると、淋しそうな鈴見のうしろ姿も脳裏に浮かんだ。今ごろ、ひとりで闇を見据えているにちがいない。罪の意識と鈴見の辛い気持ちを思い、涙が溢《あふ》れた。

黎《れい》明《めい》

西側の庭の隅で杜鵑草《ほととぎす》が咲いている。花は終わりに近く、垂れ下がった茎の先にわずかの蕾《つぼみ》が残っている。白い花に紫の斑点《はんてん》をつけたこの花は郷愁を誘うようなところがあり、千香子の好きな花のひとつだ。杜鵑《ほととぎす》の胸の斑点になぞらえてつけられた名前で、遠目には紫がかった花に見える。

杜鵑草に合わせたつもりはないが、きょうの千香子は黒いロングスカートの上に、薄い紫色のセーターだった。色白でしっとりした雰囲気の千香子には和服が似合うが、シンプルな洋服も理知的な面立ちだけに落ち着いて見える。

「もうすぐ終わるな。それでも、今年は長く咲いた方だ」

背中で舅《しゅうと》の声がした。

「お帰りなさい。早かったんですね」

千香子は振り返って、まだネクタイもそのままの幸太郎に微笑した。

きょうは土曜。本来なら会社は休みだが、どうしても顔を出さねばならない用ができたので出社することになり、帰りは夜になると、姑《しゅうとめ》の寿美江から、昨夜のうちに電話があった。早くても七時か八時になるだろうと思っていただけに、まだ四時をまわったばかりの腕時計に目をやって、千香子は意外な気がした。

もうじき五十五歳になる幸太郎は制御機器を主力とした大手の新栄電気に勤めており、千香子が息子の宣章《のりあき》と結婚したあと、アメリカ支社に三年ほど単身赴任していたことがあった。

妻の寿美江は友人のアトリエで生徒を集め、彫金と七宝を教えている。それを理由にアメリカに行くのを断り、日本から動こうとしなかった。幸太郎は寿美江に是が非でも来いとは言わず、不自由な生活に甘んじた。

千香子は幸太郎に同情し、アメリカでも日本食は容易に手に入るだろうと思いながらも、ときおり素麺《そうめん》や羊羹《ようかん》などを送ってやった。中身より送料の方が高くつくことがあったが、送らずにはいられなかった。

「すまんな。寿美江の奴《やつ》、気楽なもんだ。それに、飯をつくってもらうために、わざわざ千香子さんを呼ぶことはないのに」

笑みの中に陰があるのを、千香子は見逃さなかった。

「いいんです。宣章さんも出張ですし、お義母様《かあ》も、たまにはお友達とのんびり旅行もいいですよ」

「たまにどころか、しょっちゅうだ。すまんな」

幸太郎の言葉には溜息がまじっていた。

「そんなにお義父《とう》様に謝られると、私の方が申し訳なくなります。私、この杜鵑草をもういちど見たかったんです。ちょうどいいタイミングでした。もしかして、終わってしまってるかもしれないと思ったんですけど」

「千香子さんはうちに来ると、熱心に草花を観察していくが、寿美江なんか、杜鵑草がいつ咲いて、いつ散ってしまうかさえ気づかないようだ」

「お庭が広いですから」

「いや、ご覧のとおり、猫の額だ。寿美江は派手な洋花が好きで、質素な野草はそれほど好きじゃないのがわかる。やってることも七宝や彫金と、あっちのものだからな。私はひっそりと咲く花は風流だと思うんだが、あいつはこの庭を洋風にして薔薇《ばら》園にでもしたいらしい」

「みんな好みがちがいますから」

紫の実の中に白や黒い実も混じっている紫式部の枝を、幸太郎は掌《てのひら》で持ち上げた。小粒の紫玉がたわわに実って、枝がしなやかに撓《たわ》んでいる。千香子は紫式部も好きだった。

寿美江は交友関係が広く、しょっちゅう出歩いている。子供のいない千香子は、電車で二十分という距離に住んでいることもあり、寿美江に食事の支度や留守番を頼まれることも珍しくなかった。そんな夜は、宣章も実家に直行してくるので、いっしょに食卓を囲むことになる。

結婚して一年ばかり経《た》ったころ、寿美江は同居を望んでいたが幸太郎が反対したので別居の形をとったと、宣章から聞いた。千香子は幸太郎に嫁として好ましく思われていなかったのかと衝撃を受けた。やさしい舅だと思っていたが、それから幸太郎にどう接していいか戸惑っている自分に気づいた。

料理の好きな千香子は食事をつくることを億劫《おっくう》に思うことはなかった。いつも幸太郎の好みを第一に考えた。幸太郎の機嫌を取りたいというより、寿美江にないがしろにされているような気がすることのある幸太郎に喜んでもらいたいという、素直な気持ちからだった。だからこそ余計に、幸太郎が同居に反対したということが、心の片隅に引っかかっていた。

結婚してまもなく妊娠した千香子は、四カ月目に流産した。それから宣章は、千香子にほとんど触れなくなった。夫に愛されていないだけでなく、舅にも同居を拒否されていたと知り、一時、千香子は憂鬱《ゆううつ》のあまり、実家に帰ることを考えたりもした。

ときおり、寿美江の視線に冷たいものを感じるときもあった。気のせいだと言い聞かせようとしても、息子にだけ愛情を注いでいるような気がした。宣章の方も、母親には心底やさしく、いまだに甘えているのではないかと思えることがあった。

千香子は性に淡泊な方かもしれない。それでも、抱かれたいという欲求が突如としてこみ上げてくることがあった。そんなとき、女には生理というしくみがあり、排卵のとき、子を産む宿命を負った性のために男がほしくなるのかもしれないと、自分なりに分析していた。

抱きしめられたい、男のものを秘園に突き立てられたいという破廉恥な欲求を、千香子は宣章に告げることができなかった。横になれば五分もしないうちに寝息を立ててしまう宣章を起こすことはむろん、横になったすぐでさえ、自分から意思表示をするような行為に出ることができず、闇《やみ》を見つめたまま悶々《もんもん》とした時間の中に身を置いた。

そんなとき、むず痒《がゆ》いような疼《うず》きを伴った下腹部をどうすることもできず、千香子はできるだけ宣章から離れるためにダブルベッドの隅に躰《からだ》をずらした。そして、ネグリジェの裾《すそ》に手を入れ、疚《やま》しさや不安を抱きながら、次は、そっとショーツに左手を潜り込ませた。

左手をショーツに入れるのは、宣章に悟られる危険をわずかでも避けるためだ。右腕を宣章の側に伸ばして静止させたまま、左指を柔肉のあわいに押し入れ、花びらを辿《たど》る。花びらを揉《も》みほぐすのは、ほんの束《つか》の間だ。じっくりと指を動かしていては危険だ。それに、落ち着かない。千香子は一時も早く法悦を迎えなければならなかった。

宣章の寝息に変化がないかにも注意しながら、もっとも敏感な肉の豆を左の人差し指で揉みしだきはじめる。そのときの妄想には幸太郎が出てくることが多く、宣章が出てくることは決してなかった。

（お義父様……いや）

（宣章の嫁にはもっとほかの女がよかったんだ。それをおまえのような女が）

（だからって、いや……いやです、お義父様、やめて下さい……）

千香子を嫁として気に入らない幸太郎が、力ずくで千香子を押さえつけ、犯そうとしている妄想が多かった。

千香子は幸太郎の胸を押し、懸命に抵抗する。けれど、男の力は強く、組み敷かれた千香子は、やがて幸太郎の肉茎で中心を貫かれてしまうのだ。

（お義父様、いや、いやっ！）

千香子の妄想がそこまで広がると、肉の豆を揉みしだく指の動きは急激に速くなる。そのあとすぐに、法悦を極めて打ち震わせた。しかし、ベッドの軋《きし》みを最小限に抑えるために、エクスタシーを迎えたときでさえ、千香子は痙攣《けいれん》を知られないように気を使わなければならなかった。その瞬間さえ、千香子は自分を解放し、存分に悦びを甘受することができなかった。

　嫁と舅の静かな夕飯が終わってキッチンを片づけた千香子は、いつものように果物を剝《む》き、新たに熱いお茶をいれてダイニングテーブルに載せた。果物は裏庭で採れたばかりの小さめの柿だ。

「飯を食べて満腹になったら、帰るのは面倒だろう？」

「いいえ、電車に乗れば二十分ですから」

「私しかいないが、いやじゃなければ泊まっていくといい。いや、泊まっていってくれないか。歳を重ねるだけ、何だか秋の夜はわびしくなる。つまらないテレビなんか見るより、世間話でもしていた方がいい。秋の夜長の読書より、千香子さんと話していた方が退屈しないようだ。たまには私の話し相手になってくれないか」

　厭《いと》われていると思っていただけに、泊まっていってくれと言った幸太郎の言葉に、千香子は意外な気がした。幸太郎に冷たくされたことはない。それでも、幸太郎を前にすると、同居を拒んだ舅ということが頭を離れなかった。

　同居が大変なことはわかっている。別々に暮らしている今の状態の方が、嫁としては楽だということもわかっている。だが、それは別にして、拒まれたという事実が問題だった。

「お知り合いと囲碁はなさらないんですか?」

「今夜はどうも囲碁もな……」

「迷惑じゃないんですか……?」

「何が」

「ですから、私が近くにいるということがです……」

「よく意味がわからないな」

「聞いています……」

千香子は長くわだかまっていたことを、幸太郎の口から直接聞いてみたいと思った。どんなことを言われようと、千香子は幸太郎に対する態度を変える気はなかった。

「ますますわからなくなった。何を聞いているんだ」

「お義父様が私達との同居を拒まれたということです。ずっと気になっていました。私をお気に召さない理由は何かと……宣章さんだけでなく、お義母様も同居を望まれたそうですね。それなのに……」

これまで柔和だった幸太郎の顔が、ふいに険しくなった。やはり嫌われているのだと、千香子も緊張した。

「私は千香子さんのことが気に入ってるよ。同居は大変だ。特に女はな。嫁と姑の争いは昔から飽きるほど聞いてるだろう？　争いが起こるより、最初から別居がいいと思っただけだ。私達はまだ元気なんだし」

　幸太郎の表情はまた元に戻っていた。

「本当のことをおっしゃってくださってかまわないんですよ。私は冗談ひとつ言えないような女ですし、ちょっと陰気くさく思われているんじゃないかと思っています。気が利かないところもありますし」

「そんなことはない。うちにはできすぎの嫁だ。できすぎだから申し訳ない気がしているんだ」

　幸太郎は溜息《ためいき》をつくと、湯呑《ゆの》みを手に取った。その溜息に、千香子はやはり自分は歓迎されていないのではないかと思った。

「結婚して五年か……子供なんかどうでもいいと思っているし、千香子さんにこんなことを聞くと嫌われるかもしれないが、あれからできないのかつくらないのか、尋ねてみたい気がしていた。いや、答えなくてもいいんだ。宣章はひとり息子だが、跡継ぎなんて仰々しいことは考えていないし、今の時代、子供が生きていくのも大変だからな」

　あれからというのが流産のことを指しているのは聞くまでもなかった。

「できたら産むつもりです……」

流産以後、宣章がほとんど夫婦生活をしようとしないことなど口に出せなかった。それに、結婚当時も、宣章はさほど千香子に触れようとはしなかった。

見合いでもなく、恋愛というのでもなかった。寿美江が胆石で入院していたとき、千香子はそこで看護師をしていた。見舞に来た宣章と幸太郎とは、そこで初めて対面した。幸太郎の勧めで宣章と交際がはじまり、ほどなく婚約した。

千香子は中学生のときに父を亡くしていることもあり、宣章より幸太郎に惹《ひ》かれた。こんな舅とならうまくやっていけると思った。寿美江も七宝と彫金を教えている関係で家を留守にすることが多く、千香子が来てくれると助かると言っていた。

看護師は夜勤があり大変なので、千香子は思いきって退職を決意した。結婚すれば同居と思っていた。だからこそ、別居になったときは意外に思った。別居を望んだのは宣章とばかり思っていた。

「できたら産むか……そうだ、無理はせず、自然にまかせればいいんだ」

ややおいて、幸太郎が返した。

子供を産むということは、生殖の営みあっての結果だ。宣章にほとんど顧みられないまま、千香子は来年は三十路《みそじ》になってしまう。

ふいに千香子に哀しみがこみ上げた。堰《せき》を切ったような嗚咽《おえつ》がひろがり、涙腺《るいせん》を突っ切って涙が押し出されていった。

「どうしたんだ……うん？　どうした……子供のことか……悪気があって言ったんじゃないんだ」

　顔を覆って肩先を震わせている千香子に戸惑い、幸太郎は椅子《いす》から立ち上がって千香子のうしろに立った。

「悪かった……機嫌を直してくれないか……美味《うま》い日本酒を貰《もら》ったんだ。まったく下戸ということはないんだろう？　いっしょに呑んでくれないか。私とじゃ、いやか？　ほんとうに悪かった……口は災いの元だな……」

　千香子は両手で顔を覆ったまま、そうではないというように、首を横に振った。だが、幸太郎に本当の意味を理解してもらえるとは思わなかった。

「酒、いっしょに呑んでくれるか？」

　幸太郎の口調はやさしかった。心の痛みを溶かしていくような響きがあった。嫌われているとは思えなかった。初対面で感じたように、自分のすべてが受け入れられているような気がした。千香子は頷《うなず》いた。

「よかった。燗《かん》をつけてこよう」

「私が……」

千香子が鼻を啜《すす》りながら、慌てて立ち上がった。

そのとき、幸太郎が千香子の二の腕をがっしりと掴んで正面から見つめた。千香子は瞬時に汗ばんだ。

「宣章が……冷たい仕打ちをしてるんじゃないだろうね」

千香子はコクッと喉《のど》を鳴らした。

「私の言葉で傷つけたのなら何度でも謝るが、もしそうじゃなかったらと……ふっとそう思ったものだから」

幸太郎の真摯《しんし》な目に見つめられ、千香子はいっそ夜の生活のことを話してしまおうかと迷った。しかし、異性である舅に性を語るのは恥ずかしかった。

「お義父様の言葉で傷ついたなんてことはありませんから……ただ」

また千香子は喉を鳴らした。

「ただ何だ」

「いえ……」

「言ってくれないか」

幸太郎は千香子の腕を放しそうになかった。強い力で掴まれていると、心を明け渡して頼りたくなってしまう。

結婚した以上、千香子は夫である宣章に、がっしりと摑んでいてもらいたかった。しかし、同じベッドで眠りながら触れられず、日常生活でも家政婦の役しか果たしていない自分を感じていた。そんな千香子にとって、今目の前にいる幸太郎は、逞《たくま》しい支えに思えた。

「お義父様は、本当に私のことがお嫌いではなかったんですか……？」

「どうしてそんなことを考えるんだ。さっきも、できすぎた嫁だと言ったじゃないか。嫌いでどうして、息子との結婚を勧めるんだ」

「お義父様が同居を拒まれたと聞いてから、ずっと気になっていたんです……」

「その話はやめよう。さっき言ったとおりだ。それより、宣章とはうまくいっているんだな？」

千香子は視線を落とした。肯定することはできなかった。かといって、否定することもできなかった。

「お燗、つけてきます……」

幸太郎の手が離れた。

千香子は迷ったあげく、斑唐津《まだらからつ》の白い徳利三本に酒を入れた。一本空けるたびにキッチンに立つと、大事な話を口にする機会を失ってしまうような気がした。一気に酔ってしまえば、恥ずかしいことを話せるかもしれない。

「三本か。よし、私につき合ってくれるつもりだな」

さっきのことを忘れたように幸太郎が笑った。

「宣章さんがいないし、羽根を伸ばしてうんと呑んでみます。先に酔ったら放っておいて下さいね」

千香子も何ごともなかったように笑みを浮かべた。

「私の方が先に潰れるかもしれないぞ。ダイニングテーブルじゃつまらない。風流に和室で差しつ差されつといくか」

床の間付きの八畳の和室に徳利を移した。千香子は簡単な肴《さかな》も用意した。座卓に向かい合って座っては、酒を注ぐには遠すぎる。隣り合って座った。

最初に注《つ》がれたぐい呑みの一杯を、千香子は一気に空けた。千香子の喉は火照《ほて》った。すぐに胃も熱くなった。

「おお、なかなか豪快だな」

幸太郎が徳利を取った。千香子は遠慮せずにぐい呑みを差し出した。たっぷりと注がれた酒を、また千香子はすぐに空けた。そんな飲み方をすれば、さほど強くないだけに、またたくまに酔ってしまうことはわかっていた。味わうでもなく、楽しむでもなく、ただ酔うためだけに、無理をして酒を喉に流し込んだ。

　三本の徳利が空いたころ、早くも千香子の視点はおかしくなっていた。周囲の景色がかすかに揺らいでいた。

「すぐに持ってきます」

　立ち上がろうとして足がよろけ、千香子は横座りの格好になった。

「なんだ、もう酔ったのか。まだ始まったばかりだぞ。大丈夫か。今度は私が燗をつけてこよう」

　幸太郎が立ち上がった。

「私……宣章さんに愛されていないんです」

　幸太郎が出ていく前にと、千香子は酔いにまかせてそう言った。

　幸太郎の足が止まった。

「流産してから、ほとんど触れてくれないんです……子供なんてできるはずがありません」

　笑みを浮かべて言った千香子の頬《ほお》に、つつっと涙が伝った。

「喧嘩《けんか》したこともありません。でも、愛されていないのがわかるんです。結婚して抱かれたのはほんの数回です。流産してからはほとんど……どうすればいいかわからないんです……かわいくない女なのかもしれません。抱いてなんて……自分からそんなこと、言えないんです。恥ずかしいより、拒絶されたときのことが怖くて……私はプライドが高い女でしょうか……」

笑おうとしても頬がひくつき、唇も震えた。涙があとからあとからこぼれ落ちていった。

「すまん……私がいちばん悪いんだ……すまん」

千香子の横に腰を下ろした幸太郎が、徳利を置いて頭を下げた。息子の父ということで謝罪しているのかもしれないが、幸太郎が頭を下げる理由などないのだと、千香子は心苦しかった。

「謝らないで下さい……私が悪いんですから……ただ、ときどき抱かれたくてたまらなくなるんです。抱かれないでいると、深い闇の中に吸い込まれていくような気がして、自分はひとりぼっちだと……そう思えて……とても辛くなるんです。母もいて、お義父様やお義母様や友達もいるのに……この広い世界に自分しかいない気がしてくるんです。私……淫《みだ》らな女でしょうか」

ふたりで休むベッドは孤独だった。かえって、宣章が出張で留守にしたときのベッドの方に安らぎを感じた。

「淫らなもんか……その歳で、そんなにきれいで……普通なら、週に何度か抱かれてもおかしくないのに……五年にもなるのに数回とは……残酷すぎる……すまん」

幸太郎は千香子を抱き寄せた。幸太郎の胸は男の匂《にお》いがした。

太い物で貫かれなくても、こうやって抱きしめられるだけで女は落ち着くのだ。千香子は総身に心地よいものを感じた。動悸《どうき》がしていたが、幸太郎の胸から逃れようとは思わなかった。男の匂いは遠い日の父の匂いのような気もした。

幸太郎の片手が背中から離れ、千香子の右手を握った。その手は、幸太郎の股間《こかん》に導かれていった。ズボン越しに硬いものが触れた。

千香子の全身が火照り、一瞬、硬直した。慌てて手を引いて顔を上げた千香子は、怯《おび》えの交じった顔で幸太郎を見つめた。

「ずっと千香子さんが好きだった。だから、千香子さんのことを考えて、何度もこんなふうになっていた。宣章が夫の役目を果たしていないからというんじゃない。好きだから抱きたいんだ」

千香子は口を震わせながらいやいやをした。言葉が出なかった。ただ首を振るしかなかった。

幸太郎は千香子の震える唇を塞《ふさ》いだ。

「うぐ……」

千香子はくぐもった声を上げながら、幸太郎の胸を押しのけようとした。だが、背中にまわっている腕はびくともしなかった。

幸太郎は唇を割って舌をこじ入れようとした。千香子は拒んだ。だが、強引に唇の狭間《はざま》に滑り込んだ舌は、さらに奥まで入り込んだ。

嫁として受け入れられていないと思っていただけに、幸太郎からの告白がいまだに信じられず、千香子は夢と現《うつつ》の間にいるような気がした。

舌先で歯茎をくすぐられると、女園に向かって妖《あや》しい疼きがひろがっていった。ほろ酔いのなかで、千香子はわずかな抵抗の意志も失っていった。

幸太郎は千香子を倒し、キャミソールごとセーターをまくり上げ、ブラジャーのフロントホックを外した。

波うつ乳房を両手で隠した千香子は、本気で逃げようとせず、不安と恐怖にためらいながらも、許されない行為を受け入れようとしていた。

椀《わん》形のふくらみを隠した両手が取り払われ、肩の横に移された。幸太郎に手首を押さえつけられている千香子は、荒い息を吐きながら目を見ひらいた。

「きれいな乳房だ。乳首もきれいな色をしている。こんなきれいなものに触れないとはな……」

幸太郎の上半身が倒れた。乳首を含まれた千香子は、短い声を上げて反射的に胸を突き出した。小さな果実を吸われ、舌先で捏《こ》ねまわされ、唇でもてあそばれると、直接、秘芯が疼いた。歯茎をくすぐられて唾液《だえき》をむさぼられたときの何十倍もの快感だ。

両手を押さえつけられている千香子は、細い両肩をくねらせながら、眉間《みけん》に皺《しわ》を寄せて仔犬のような声で喘《あえ》いだ。感じすぎているのが怖かった。全身の愛撫《あいぶ》もそこそこに秘口を貫く宣章とは比べものにならない、一点への執拗《しつよう》な愛撫が続いた。千香子は総身を熱く滾《たぎ》らせ、蜜《みつ》をとろとろと溢《あふ》れさせた。

幸太郎は乳首を責めながら、スカートの裾に手を入れ、膝《ひざ》から太腿《ふともも》へとねっとりと撫《な》で上げていった。

「いやっ！」

秘園を濡《ぬ》らしていることを悟られる羞恥《しゅうち》に、千香子は我に返って抵抗をはじめた。自由になった右手で、太腿のあわいに辿《たど》り着こうとしている幸太郎の手を摑んで押し戻そうとした。

幸太郎が顔を上げた。

「いやなら最後まではしないから、千香子さんの大事なところに触らせてくれ。な？」

今まで乳首を愛撫するために顔を伏せていた幸太郎に真上から見つめられると、千香子はいたたまれなくなった。夫の父である幸太郎と、何という恐ろしいことをしているのか。明日から、宣章にどんなふうに接したらいいのか、姑である寿美江には……。

またたくまに酔いが醒《さ》めた。千香子は泣きそうな顔をして首を振り立てた。

「こっそりと自分の指でしてるんだろう?」

「いやあ!」

千香子は耳朶《みみたぶ》まで真っ赤にして叫んだ。その一瞬の間に、幸太郎は千香子の太腿を大きく割り開いて押し上げた。

ふたたび千香子の叫びがひろがった。

ベージュ色の変哲もないショーツに、小さな染みができている。

「濡れてるじゃないか。ちゃんと濡れてくれてるじゃないか」

「いやいやいやいやいやいやっ!」

千香子は両足を閉じようともがきながら、必死にずり上がっていった。

布越しに幸太郎の舌が柔肉のあわいを舐《な》め上げた。

千香子の喉から悦楽の声がほとばしった。

布越しの愛撫だったが、宣章にそこを愛されたことは二、三度しかなく、千香子の総身に電流のようなものが駆け抜けていった。

幸太郎は窪《くぼ》みに唇を擦りつけては舌で捏《こ》ねまわした。そのうち、肉の豆を探り当てて、そこだけ集中的に責めた。

「いや……だめ……」

直接、女の器官に触れられているわけではないが、愛されることの少ない千香子は十分すぎるほどに感じていた。熱い昂《たか》まりが確実に押し寄せている。

やがて、波に押し流された千香子の喉から、抑えきれない声がほとばしった。

法悦を極めて細かい痙攣を繰り返す千香子のショーツには、幸太郎の唾液と新たに溢れた蜜で大きな染みがひろがっていた。

押し上げていた太腿を元に戻した幸太郎は、ぐったりしている千香子のショーツを一気にずり下げた。

「いやっ！」

法悦の余韻は治まっていなかったが、下半身を冷たい空気に嬲《なぶ》られた千香子は、慌てて秘園を隠そうとした。逆二等辺三角形の翳《かげ》りは、千香子に似合いの、やや薄い茂みだ。

翳りを載せて閉じているほっくらとした肉のふくらみをくつろげた幸太郎は、ぬら光る紅梅色の器官の美しさに目を見張った。エクスタシーのあとのぼってりした花びらは、盛りの花のように美しい。美しければ美しいほど淫惑《いんわく》の香りに満ちている。その淫らさに、幸太郎はいっそう股間のものを熱くした。そして、十分に潤っている秘口に、ついに屹立《きつりつ》を突き立てた。

千香子の顎《あご》が突き出され、大きくひらいた唇から、切なさと快感の入り混じった声が押し出された。眉間の皺も深くなった。オスをそそる誘惑的な唇はぬめ光っていた。

「すまん……」

肉襞《にくひだ》の奥まで屹立を進めた幸太郎はそう詫《わ》びると、オスになって抽送をはじめた。

「だめ……だめ……いや……だめ……」

千香子の拒絶の言葉は、徐々に弱くなっていった。いつしか涙がこぼれていた。タブーを犯した罪の意識と、父のようにやさしい幸太郎に愛されている喜びが入り混じっていた。


「もうここにお邪魔することはできません……お義母様と顔を合わせることができなくなりました。私があんなことを言ってしまったから……こんなことになったんです……お義父様にもこれきりお会いするわけにはいかなくなりました……」

照明を落とした部屋で、千香子は子供のように幸太郎に頭を撫でられていた。心地よさと裏腹に、胸がきりきりと痛んでいた。これきり幸太郎と会えなくなると思うと、哀しみがこみ上げた。

「悪いのは私だ。私が悪いんだ。宣章と結婚させるなんて、罪なことをしてしまった。千香子さんなら何とかなると思ったんだ……でも、それは私が千香子さんを気に入ったという、ただそれだけのことだったのかもしれない。すまんことをした……ひょっとして、気づいていたんじゃないのか……？」

「何を……ですか？」

「宣章のことだ……」

言葉の意味がわからず、千香子は幸太郎の胸の中で首をかしげた。

「気づいていないのか……」

「だから、何を……」

「いや、いい……宣章とずっと今の生活を続けるつもりなのか。このきれいな躰に触れないとは、むごい。むごすぎると思ってるんだ。過ぎた五年は二度と戻ってこない。ほかの男と暮らしていれば、毎日のように抱いてくれただろうに……千香子さんを哀しませることはなかっただろうに」

千香子は唇を嚙《か》みながら、幸太郎の胸に顔をうずめた。

夜が明けるにはまだ時間がある早朝、千香子は別室に休んでいる幸太郎に気づかれないように家を出た。

宣章と結婚を決めたとき、幸太郎の柔和さに惹かれていた。亡き父の面影を幸太郎に重ねていたのかもしれない。宣章に顧みられない淋《さび》しさに耐えられたのも、幸太郎がいてくれたせいかもしれない。疎まれているかもしれないという一方で、それを否定したい気持ちもわずかにあった。そのわずかな気持ちが、宣章とのこれまでの生活を辛うじて支えていたのだと、今になって気づいた。

けれど、舅と一線を越えた以上、宣章との生活にもピリオドを打たなければならない。何食わぬ顔をして、これまでどおりの生活を続けていく自信は、千香子にはなかった。それに、幸太郎が「気づいていないのか」と言った言葉で、宣章には他の女がいるのだと悟った。

好きな女性がいるのなら、その女性といっしょになるのが宣章の幸せだろう。それとも、夫や子供のいる相手との不倫関係だろうか。ともかく、昨夜、幸太郎と思いがけないことになってしまい、ようやく別れる決心がついた。

マンションに着くと、五年間暮らした部屋にも拘《かか》わらず、疎外されているような気がした。

宣章は千香子が離婚を口にしたとき何と言うだろう。あっさりと認めるか、体《てい》のいい家政婦として便利だと、口実をつくって引き止めるのか……。

離婚届に判を押してくれなければ、黙って出ていけばいい。別れて暮らせさえすれば、紙の上で妻であり続けることなどどうでもよかった。愛されていないとわかっていながら虚《むな》しさを味わい続けるより、看護師としてもう一度働き、自分を必要としている患者に接していた方が満ち足りた生活ができる。そんなことは、いまさら考えてみるまでもなかった。

吹っ切れた気持ちで東側のリビングの窓際に立った千香子は、闇の中を走る車をぼんやりと見つめながらカップを傾けた。いつもは苦く感じるブラックコーヒーが、まろやかに舌に触れる。

電話が鳴った。

はっとした千香子は、カップを落としそうになった。こんな時間の電話は不吉だ。六十歳を過ぎた母親を思い浮かべ、心臓を絞られるような気がした。しかし、ひょっとして幸太郎からではないかと、脳裏を過《よ》ぎるものがあった。

コール音は続いた。母のことか、幸太郎からかと不安に押し潰《つぶ》されそうになりながら、千香子は大きく息を吐いたあと受話器を取った。

「千香子さんか……」

幸太郎の声がした。

「黙っておいとましてすみませんでした……朝のお食事の用意もしないで……」

ほんのひとときの安堵《あんど》のあとで、平静を装ってしゃべる千香子の心臓は、飛び出しそうな音を立てはじめた。

「もう会ってくれないのか……そのつもりで出ていったのか」

「…………」

「宣章とこのまま暮らすのか」

　幸太郎のせっぱ詰まった声を聞きながら、千香子はもう一度、受話器を取る前のように深呼吸した。

「別れます……決心しました。お義父様とあんなことになって……ようやく決心することができました。いろいろお世話になりました。宣章さんが今おつき合いしている人といっしょになりたいと言ったら、反対しないで許してあげて下さい。私、看護師に戻ります。母といっしょに暮らします。これまでも、母のことは気になっていたんです……」

　幸太郎達と同居しないのなら、ひとりで暮らしている母を呼び寄せていっしょに暮らしたいと、千香子は何度も思った。しかし、千香子のマンションと幸太郎達の家が近いだけに遠慮があり、ついに言い出せないまま五年が過ぎていた。

「別れるのか……私も寿美江と別れてもいいと思っているんだ」

「どういうことですか……」

　千香子が宣章と離婚するのなら、自分と一線を越えた千香子といっしょに暮らすとでも言うつもりだろうか……。千香子は幸太郎の真意が掴《つか》めず、唐突な言葉に面食らった。

「宣章の相手は寿美江なんだよ」

　千香子の総身にどっと汗が噴き出した。聞き違いとしか思えなかった。

「今、何とおっしゃいました……？」

「本当に気づいていなかったようだな……宣章の相手は寿美江だ……今も寿美江といっしょにいるんじゃないかと思っている」

「そんな……お義父様……いくら何でも」

　冗談だと、唇をゆるめようとした千香子だったが、頰がこわばってひくついた。

「仕事帰りにうちに寄った宣章が、面倒だからと、そのままここに泊まったことが何度もあっただろう？　その日、私は出張でいない日ばかりだったはずだ。出張と偽ってこっそりと戻って、現場を覗《のぞ》いたこともある。間違いないんだ」

「そんな……」

　幸太郎の言葉が冗談ではないことがわかると、ますます鼓動が高まり、総身の血が沸騰するのではないかと思えるほど躰が熱くなった。

　ときおり寿美江の冷酷な視線に見つめられている気がしたのは、そういうことだったのだろうか……。けれど、千香子にはまだ信じられなかった。

「私は忙しかった。宣章のことは寿美江に任せきりだった。ひとり息子のせいか、寿美江はあれを可愛がった。いつからそうなったかわからないが、それを知ってから、私は寿美江が抱けなくなった。きっと私が悪かったんだ」

幸太郎は自分を責めているが、千香子はタブーを犯した自分のことを一瞬忘れ、寿美江が悪いのだと思った。たとえ宣章から求められたとしても、拒むのが母親ではないのか……。

「事実をあからさまにして責めるようなことはできなかった。それを口にするのも恐ろしかった。しかし、病院で千香子さんに会ってから、宣章が千香子さんと暮らせば、母親とは切れて、千香子さんに夢中になってくれると思ったんだ。私は悪夢から逃れるために、千香子さんを道具に使おうとしたんだ。同居を拒んだのはそういう訳があったんだ。すまん……」

千香子は生身の肉を引き裂かれるように心が痛んだ。深く傷ついていた。

「道具……私はただの道具だったんですか……」

言葉尻が震えた。

「いや、私は千香子さんのことが好きだった。最初は舅として。だが、結婚後も宣章と寿美江が続いているのに気づいて、千香子さんが哀れで、いつしか哀れみが女を見る目に変わっていったんだ……」

静かな口調だけに、かえって幸太郎の本心が伝わってくるようだった。

「ずっと抱きたかった。本当だ。やさしく抱いてやりたかったんだ。年甲斐《としがい》もなく、若者のような気持ちで千香子さんを見つめるようになっていた。幸せにしてやりたいとも思った……」

　千香子は胸を熱くした。誰かにそんな熱い言葉を囁《ささや》いてほしかった。愛されたかった。渇いていた。

「千香子さんが宣章と別れてしまえば、私の居場所はなくなってしまう。もう疲れた……いっそ、ひとりの方がいい。だから寿美江と別れようと思うんだ。不甲斐ない男だろう？　妻と息子がそんな関係だと知っていながら、気づいていない振りをして、咎《とが》めることもできず、あげくに千香子さんまで不幸にしてしまった。すまん……許してくれとは言わない。すまんと謝るしかないんだ。しかし、千香子さんの躰はきれいであたたかかった。一生忘れない」

「お義父様！」

　このまま電話を切られてはと、千香子は慌てて呼び止めた。

「お義父様……私……いつもお義父様のことを思い浮かべながら、宣章さんの眠っている横で……自分のオユビで恥ずかしいことをしていました……お義父様のことが大好きでした」

　死ぬほど恥ずかしい告白だった。胸が波打った。心臓が破裂するのではないかと不安だった。

「過去形か……」

「いえ……今も」

「よかった……」

もはや舅と嫁ではなく、男と女の会話だった。

「お義父様、これからどこかに連れていってください……海は寒いでしょうか……」

「寒ければあったかい部屋を探すといい……今度はもっとゆっくりと……足の指も背中も……千香子さんの全部を……全部を可愛がってやりたい」

窓に目をやると、いつのまにか闇は押し退《の》けられ、空は東雲《しののめ》色に染まっている。

「お義父様、今、空がとってもきれいです。そこから見えますか」

「高層マンションとちがうからな。でも、海に行けばそこより、もっときれいに見えるはずだ。これからすぐに迎えに行く」

幸太郎の言葉に至福を感じながら、千香子は無言で頷いていた。

夜《よる》の伽羅《きゃら》

あたり一面、秋色に染まっている。

背丈より高い芒《すすき》が銀色の穂を輝かせながら揺れ、子供の頭ほどもありそうな大きな葉をつけた葛《くず》は盛り土を勢いよく這《は》い上がって、こんもりした藪《やぶ》をつくっていた。紅紫色の葛の花に隠れるように、それとよく似た色の萩の花もひっそりと咲いている。

「あっというまにこれだ。凄《すご》い生命力だな」

半月前よりさらに道端を狭くしている草花の間を歩きながら、早瀬隆造《りゅうぞう》が感嘆の声をあげた。

隆造は先月、七十五歳になった。だが、血色もよく、矍鑠《かくしゃく》としている。せいぜい六十代にしか見えない。

「人は老いていくのみだが、私は不老長寿の薬を飲んでいるようなものだな」

並んで歩いていた芙美子は隆造の言葉に頬を染め、そっと視線を落とした。

三十四歳の芙美子は未亡人になって一年半。ますます色香が増し、すれちがう男達がつい振り返ってしまうほどだ。理知的でいて取り澄ましたところはなく、むしろ、手を差し伸べてやりたくなるような雰囲気の女だ。しっとりとした白い肌は、つい触れてみたくなるような誘惑を秘めている。

中央付近がごくゆるいS字にくねっているこの道は人通りも少なく、誰にも出会わないこともある。隆造の気に入りの散歩道だ。ゆっくり歩いても車道に出るまでに五分とかからない。

「お義父《とう》様、ちょっと待っていただけませんか」

芙美子は手づくりの藍染めの小物入れから花鋏《はなばさみ》を出すと、芒や赤い水引、吾亦紅《われもこう》などを切っていった。

早瀬家の古い屋敷には、茶花に使うような花がよく似合う。芙美子は道端に咲いているさりげない草花を生けて楽しむことが多かった。師範の免状を持ち華道教室をひらいているだけに、かえって型にはまらない自由な生け方に魅力を感じることがあった。

吾亦紅に手を伸ばし、ほんの少し前屈《かが》みになった芙美子の臀部《でんぶ》が色っぽい。あたりに人がいないのを確かめて、隆造はほっかりした感じの尻を布越しにそっと撫で上げた。

「あ……」

びくりとした芙美子は細い首をひねって、隆造に軽く咎《とが》めるような視線を向けた。

「こんなところで……」

肌寒いにもかかわらず、芙美子はじんわりと汗を滲《にじ》ませた。

「こんなところだからいいんだ」

ねっとりとした視線と意味ありげな唇のゆるみ……。人前では紳士の顔しか見せない隆造が、芙美子とふたりだけのときに見せる好色な顔だ。

夫の修司がまだ元気だったころ、隆造は一度もそんな顔を芙美子に見せたことはなかった。芙美子が未亡人になって四十九日を過ぎたころ、隆造がこっそりと寝所に入ってきた。今後について、何か話でもあるのだろうとしか思わなかった。紳士的な義父でしかなかった隆造が一匹のオスに変貌するなど、それまで芙美子は想像したこともなかった。

隆造とはまだひとつになったことはない。それでも、夫の修司以上に深い結びつきを持ってしまったような気がする。このうえなく淫《みだ》らで妖《あや》しい関係だ。

「お義父様、人が来ます……」

軽くカーブしたあたりにちらりと人影が見えた。人影はすぐにはっきりとした姿を現した。

「こんにちは。お散歩ですか」

近所の主婦だった。

「この道は秋草が見事で、ほかの道より空気もうまいですからね」

隆造はたったいま芙美子の尻をさわったことなどおくびにも出さず、深呼吸して見せた。

「ええ、なんとなく緑の匂いがしますね。先生、それ、お生けになるんですか?」

女は隆造から芙美子の手元へと視線をやった。

「ええ、この道は私にとってお花屋さんみたいなものですわ」

自然を残したこの道は、芙美子にとってはかけがえのないものだった。

「私も先生にお花を習おうと思ったことはあるんですよ。でも、主人が私のこと、美的才能がないって言うんです。確かに、華道って顔じゃないですよね」

主婦はクククッと笑った。

隆造はこの土地では有名な旧家の主《あるじ》だ。芙美子は修司と結婚してまもなく華道教室の看板を出して生徒を採るようになった。屋敷への人の出入りは多い。それだけに、芙美子と隆造の関係など誰ひとりとして疑ってはいないはずだ。

「きょうのお着物も素敵ですね」

話好きの主婦は、立ち止まったまま話し込むような気配だ。

芙美子は黒地に白い小菊を散らした染めの小紋に、草色系統の数色の淡い彩色を施した縞《しま》柄《がら》の帯を締めていた。黒地の着物とはいえ、袖口や振りからちらりと覗《のぞ》く紅い色が鮮やかで地味な感じはしない。下につけているのは隆造の好みの紅い長襦袢《ながじゅばん》だ。

「お義母《かあ》様のものなんです。お義父様が着てみないかとおっしゃって」

「大奥様もお着物が多かったですからね。新品同様じゃありませんか」

「ええ、お手入れが行き届いていて」

また何か話しかけようとしている主婦に、隆造はこれから来客があるからと告げた。ようやく主婦が離れていった。

「主婦というのは暇を持て余しているのか、道で会うと、すぐに長々と話しはじめる。会釈でもしてさっさと通り過ぎればいいものを」

「そんなことをおっしゃらないで。お義父様に親しみを感じていらっしゃらなかったら、わざわざ立ち止まってお話ししようなんて思われるはずがないじゃありませんか」

「おまえといるときは誰にも邪魔されたくないんだ」

隆造は主婦が視界から消えたのを確かめると、また芙美子の尻の丸みを確かめた。


早瀬邸の周囲は岩石の乱積みの腰に土塀風のコンクリート塀が設けられ、屋敷の内部を覆い隠している。だが、岩石と岩石の隙間に植え込まれた皐月《さつき》などの低木の緑がよそよそしさをやわらげていた。甘やかな金木犀《きんもくせい》の香りがほのかに漂っている。

芙美子が離れで華道を教えているのは火曜と金曜の週に二日。両日とも午前十時からと午後二時からの一時間半ずつなので、金曜日のきょうも、夜になると通いの手伝いの者もすでに帰り、広い邸内は静まり返っていた。今にも途切れそうな心細げな虫の音が、あたりの静寂をいっそう際だたせている。

隆造が雨戸を閉めはじめると、虫の音も遠のいていった。

「芙美子、香を炷《た》くから薄色の着物を着ておいで」

薄色といえば、紅花で染めた人肌に近い色を指すこともあるが、隆造の言う薄色とは、しっとりと落ち着いた薄い紫の方だ。隆造の亡き妻が着ていたもので、裾に向かって濃くなっていくぼかしの﨟纈《ろうけつ》染めの訪問着だ。桔梗《ききょう》や萩や芒の絵が彩色され、落ち着いたなかにも華やかさを秘めた、隆造の気に入りの一枚だ。

「帯はどれにしましょうか……？」

隆造が何をしようとしているかわかっているものの、芙美子はそう訊かずにはいられなかった。

「銀色の引箔《ひきはく》の帯はどうだ」

帯はいらないと言うかと思っていただけに、隆造の言葉は意外だった。

案外、おとなしく香を聞くだけなのかもしれない。そう思うと、芙美子はほっとするどころか落胆した。そして、隆造の行為を待つようになっている淫らな自分に気づいて汗ばんだ。

「シャワーを浴びてから着替えてきます」

「ああ」

行ってこいと言うように、隆造は頷いた。


衣裳部屋の桐の箪笥《たんす》をあけると、伽羅《きゃら》の香りがほんのりと漂った。この世でもっとも素晴らしい香りだと隆造が言う伽羅。芙美子も伽羅が好きだった。鼻孔をくすぐる伽羅の香りに、早くも秘園が熱を持ちはじめ、妖しく疼《うず》き出してきた。

仕舞ってある着物にこうして伽羅の香りが染みついているのは、隆造が炷きしめたからだ。その淫猥《いんわい》な行為が脳裏に浮かび、芙美子は胸を喘《あえ》がせた。

(今夜は何もなさらないつもりなのかしら……)

薄色の着物と銀色の帯を出した芙美子は、帯を解いて小菊を散らした小紋の着物を落とした。朝から着ている着物にこもっていた甘やかな体臭が、ほんのりとした伽羅の香りと混ざり合うようにあたりの空気を染め変えていった。芙美子は自分の体臭と伽羅の香りにかすかに酔って、紅い長襦袢越しに乳房をつかんだ。

そのとき、襖《ふすま》が開いた。

驚いている芙美子を、隆造は好奇の目で見つめた。

「すぐにシャワーを浴びてきますから……」

「あとでいい」

部屋に籠《こ》もっている色めいた匂いを、隆造は肺いっぱい吸い込んだ。

「そのなかはもっといい匂いがしているんだろう？」

近づいてきた隆造に、芙美子はいやいやをした。そのなかというのは湯文字《ゆもじ》のなか、つまり秘園のことを指していた。

隆造が何をしようとしているのかわかり、芙美子は首を振り立てながら後退《あとずさ》った。

「芙美子のそこの匂いを嗅ぐと、老いて濁った血が透き通ってくる。伽羅はこの世でもっとも素晴らしい香だ。しかし、芙美子のそこの匂いにはかなわない。芙美子のそこからしたたる蜜に勝る蜜もない」

怯《おび》える獲物に勝利したのを確信し、それでもその恐怖心をもてあそびながら故意にゆっくりと近づいていく獣のように、隆造は後退っていく芙美子に少しずつ近づいていった。

「お散歩もしましたし……お稽古の日で、生徒さん達の間を動きまわったりもしました。だから……」

「うんと汗をかいたんだろう？　なおさらいいじゃないか」

「いや」

何度も同じことをされていながら、そのたびに恥じらいを見せる芙美子。それがどれだけ男をそそることになるのか、本人は気づいていない。

隆造は若者のように荒い息を吐きながら芙美子に近寄っていった。

真っ赤な長襦袢は燃えているようだ。白い芙美子の肌を包んでいる炎の色は、隆造の熱く淫らな気持ちを高揚させた。

「さあ、芙美子、私を元気にしてくれ」

「あとで……お義父様……今はだめ」

力いっぱい隆造を押し退け、部屋から逃げ出すことは可能だろう。だが、芙美子は奥へ奥へと退いた。

シャワーを浴びていない躰《からだ》に触れられる羞恥と屈辱。けれど、逃げたいという気持ちの裏で、捕われて辱《はずかし》められたいという思いもひそんでいる。芙美子は辱められる期待に震えそうになっていた。

「だめ……いや」

掠《かす》れたような声を出されると、して、早く……と言われているようだ。隆造はひょいと手を伸ばして芙美子の腕をつかんだ。

「あう」

引き寄せられた芙美子は怯えながら、散りこぼれそうな花びらに似た唇をふるふると震わせた。

「シャワーを浴びてから……でないと、お義父様はきっと……私をお嫌いになるわ」

泣きそうな顔をした芙美子は、期待しつつも不安を消せなかった。汚れた躰を見られたくはない。風呂で躰を清め、それから存分に可愛がってもらいたい。それなのに隆造は、今夜のように、わざと浴室に入る前に求めてくることがある。

（これっきり嫌われてしまうんだわ……）

芙美子はそのたびにそう思った。何度同じことを繰り返されても、決して不安は消えない。

「伽羅よりいい香りのするおまえをどうして嫌いになるんだ」

「でも……あっ！」

いつもは穏やかな隆造のどこにそんな力がひそんでいるのだろう。そう思えるほどの力で押し倒された芙美子は、乱れた裾を気にして直そうとした。それより早く、隆造の躰が脚の間に割って入った。

躰をかぶせた隆造の熱く湿った鼻息が、芙美子の顔にねっとりとまつわりついた。そして、生あたたかい舌が首筋を舐《な》め上げていった。

硬直した芙美子の総身が粟《あわ》だった。けれど、ふたたび肌をなぞられると、秘口がきゅっと収縮した。すぐに蜜があふれてくるのがわかった。それでも芙美子はいやいやをした。

「あとで……お義父様、待ってください……あう」

芙美子は隆造の胸を押し退けようとした。それにかまわず胸元に手を入れた隆造は、長襦袢の胸元を大きく左右に割った。両肩が剝《む》き出しになり、そのあと、椀形の乳房が体温を伴った甘い香りをまき散らしながらまろび出た。白磁のような白いふくらみには青い血管が透け、桜色の花びらを敷いたような大きめの乳暈《にゅううん》に、色素の薄い乳首が恥じらうように載っている。

胸元を整えようとする芙美子の手を、隆造は肩の横で押さえ込んだ。眉間に皺《しわ》を寄せ、唇をかすかにひらいて泣きそうにしている芙美子の顔に、隆造の息は荒くなった。この表情がどんなに男を煽《あお》り、誘惑することになるのか、当人は意識すらしていない。

この芙美子の顔を見て昂《たか》ぶるたびに、隆造は反り返るはずのない肉茎がいきり立つような錯覚を覚えた。

「どうした、もう濡れてるんじゃないのか？」

芙美子は泣きそうな顔のまま首を振った。隆造の行為に期待している。だが、自分から堂々と躰をひらくことはできない。それに、こうして磔《はりつけ》にされたように両手を押さえられているだけで、躰の奥が切ないほどに疼いている。拒むことでいっそう妖しく燃える自分がいることを芙美子は知っていた。

「あとで……今はいや……いやです」

「本当にいやか？」

にやりとした隆造は、まだ子供に含ませたことのない小粒の乳首の先を舐め上げた。

芙美子の背中が浮き上がり、乳房がぐいと突き出された。乳暈にわずかに沈んでいた乳首が遠慮がちに立ち上がってきた。それを隆造は口に入れた。吸い上げたあと、唇と舌で果実をこねまわした。みるみるうちに乳首はしこり立ってきた。

「あはあ……いや……くっ」

芙美子はたまらないというように顎を突き出し、肩先をくねらせた。しっとり汗ばんできた肌から、体温とともにいっそう甘やかな匂いが立ち昇った。

隆造は噎《む》せるような肌の匂いに恍惚《こうこつ》としながら、硬くなった乳首の先だけをそっと舌先で責めた。ソフトな責めに音を上げる芙美子を知っている。芙美子の口から次の行為をねだる言葉を聞きたいのだ。

「ああ……だめ」

芙美子は押さえられた両手を動かそうとしてもがいた。刷毛《はけ》でなぞられるように乳首を軽く触れられているだけだというのに、秘芯《ひしん》が疼いてきた。花びらの合わせ目の肉の豆が、とくっとくっと脈打っているようだ。蜜が花園をじっとりと濡らしているのがわかる。

乳首のほんの先だけを隆造の舌で触れられているだけだというのに、総身の細胞という細胞が鋭敏になっていく。焦《じ》れったい。その焦れったさは苦痛だ。もっと強く触れてほしい。そう思いきり乳首を吸ってもらえたら、もしかするとそのまま気をやれるかもしれない。そう思えるほど昂まってきても、絶頂を極めるためのもう一歩の快感を、隆造は容易に与えてはくれない。

「いやいや……ああう……それはいや。いやです……ああう、お義父様……」

もうすぐだとほくそえみながら、隆造はさらに間延びした間隔で舌を動かした。

「あはあ……そこだけはいや……いや」

ついに芙美子が隆造の待っていた言葉を吐いた。

「そこだけはいやか。どうせ、あそこがぐっしょり濡れてるんだろう？　シャワーを浴びてからとか、今はだめだといいながら、最初からいやらしいことをしてほしかったんじゃないか。最初からそう言えばいいじゃないか。今度はどこを舐めてほしいんだ。うん？」

隆造のいつもの意地悪い質問に、芙美子は唇を閉じて睫毛《まつげ》を伏せた。これからどうなるか芙美子にはわかっている。隆造にまた焦らされ、最後には恥ずかしいことを口にすることになるのだ。それでも、すぐに口をひらくにはためらいがあった。

「そうか、言えないのか。さっきと同じでいいのか」

芙美子の細い手首を畳に押しつけたまま、隆造はまた乳首の先だけをのらりくらりと舐めまわしはじめた。芙美子は総身をくねくねとさせて喘ぎながら、足袋《たび》にくるまれた足指を擦り合わせた。肉の豆と女壺がますます妖しく脈打ちはじめた。

「いやいや。そこはいやっ！　あそこを触って！　乳首はいやっ！」

しこり立って感じすぎるようになっている乳首にこれ以上触れさせまいと、芙美子はひときわ大きく肩先をくねらせた。

長襦袢の胸元を押し広げられたときは白かった肌も、今では紅みを帯び、酒を呑《の》んだときのように、ほんのりと染まっている。

「あそことはどこのことだ」

さらに意地悪く尋ねる隆造に、芙美子は総身でいやいやをした。

「乳首をさわられると芙美子のオマメはぷっくりとふくらむんだ。そして、触られてもいないのに、洩らしたように濡れるんだ。オマメを食べて下さいと言いたいんだろう？　口と指であそこを存分にいじって下さいと言いたいんじゃないのか？　自分の口で言うまでしてやらないぞ。また乳首がいいか？」

今にも舌を出して乳首を責めそうな隆造に、その舌が触れる前に、芙美子はヒッと声を上げた。

「朝まで乳首だけしか触ってやらないぞ」

顔を埋めた隆造に、芙美子はどっと汗を噴きこぼした。

「そこはいやっ！　芙美子の恥ずかしいところを触って！　恥ずかしいところを触ってください……」

自分の言葉に恥じ入り、芙美子はまた総身でいやいやをした。

「恥ずかしいところとはどこのことだろうな」

羞恥に火照《ほて》る芙美子をかわいいと思いながら、隆造は桃色の伊達《だて》締《じ》めを解いた。長襦袢をひらいて、その下の赤い湯文字の紐を解き、緊張している芙美子の目を見つめながら抜き取った。

「これはなんだ？」

隆造は芙美子の胸の上で赤い湯文字を広げてみせた。たった今できたとわかる丸い染みが広がっている。

芙美子の恥じらいに唇をゆるめた隆造は、染みを鼻に当てて匂いを嗅いだ。オスをくらくらさせるメスの匂いを、この奥ゆかしい芙美子も持っている。男にすぐに躰をひらく女のものより、恥じらいを知っている芙美子の淡い匂いの方が隆造を興奮させる。脳裏に描く肉茎だけは、隆造の股間で痛いほどに勃起していた。

隆造はまだ秘園を見ていない。芙美子は隆造が傍らに移ってから、裾を閉じ、固く膝を閉じているのだ。その方が隆造の淫心をくすぐった。隆造は十代や二十代の性急な男とはちがう。そのものの行為ができないからというだけでなく、女の恥じらいを見つめ、哀願の声に耳を傾けるのがこのうえない喜びなのだ。

「私がさわってやらないときは自分の指でしているんだろう？」

芙美子の右側に寄り添うように横になった隆造は、上半身を持ち上げて芙美子を見つめ、右手で赤い長襦袢の裾をひらいた。芙美子はますます膝を固くつけた。

底の浅い逆二等辺三角形の翳《かげ》りが、艶《つや》やかに光っている。産毛《うぶげ》さえないようなつるつるの肌をしているのに、こうして漆黒の翳りが張り付いているのが不思議だ。翳りは二枚の花びらを囲むように、外側の陰唇《いんしん》を薄く縁どっていた。

「脚を広げてごらん」

芙美子は首を振った。

「広げるんだ」

喉を鳴らした芙美子は、ためらうように少しだけ膝を離した。

「もっとだろう？」

芙美子はいつも一度に大きくひらいたりはしない。ためらいがちに少しずつ膝を離していく。隆造が芙美子を焦らすように、芙美子にそのつもりがなくても、隆造はいつも心地よく焦らされていた。

三十度に太腿がひらいたところで、隆造は右の親指と人差し指を、薄い縁どりを持った肉の饅頭《まんじゅう》の割れ目につけた。そして、ねっとりした柔肉のあわいをいやらしくくつろげていった。芙美子の胸が喘いでいる。かつて人妻だったことが信じられないほど初々しい。どんなふうに息子の修司に抱かれていたのかと、隆造はときおり想像しては熱くなることがあった。

「いや……」

黙って身を任せている息苦しさに、芙美子は身をよじった。

恥ずかしいところを指でひらかれている……。それだけで秘芯から蜜があふれてくる。堪《こら》え性のない女と、とうに気づかれているとわかっていても、太い指に女の器官をくつろげられるたびに、芙美子はどうしようもない羞恥にのぼせそうになった。

「おう、オマメがぼってりとなってるぞ。花びらもふくらんでるじゃないか。どこもかしこもぬるぬるしてるぞ。芙美子は顔に似合わずいやらしい女だからな」

芙美子は言葉で嬲《なぶ》られるだけで感じていた。

乳首だけを責められたあげくに充血した女の器官が、蜜液にまぶされて採れたばかりの真珠玉のようにぬめ光っている。秘口の周囲の粘膜が今にもとろけそうだ。

「こんなになってるのは、ひょっとして自分の指でしたからじゃないのか？　シャワーを浴びる前にここでいじってたんだろう？　こんなふうに」

花びらをぴらぴらともてあそばれた芙美子は、顔を赤らめながら切ない声を洩らし、むずかるように尻をくねらせた。

まだ袖を通したままの緋色《ひいろ》の長襦袢の上で身悶えする芙美子は、炎を背にした一匹の白蛇のようだ。

「またぬるぬるが出てきたぞ」

脚を閉じようともせず、芙美子はねだるように腰をくねらせ、切なそうな目で隆造を見つめた。だが、数秒と目を合わせていることができず、すぐに視線を　逸らしてしまう。けれど、またすぐに哀願するように隆造を見つめていた。

芙美子は焦らされつづけ、法悦を極めたくてならないのだ。足指を擦り合わせ、鼠蹊部《そけいぶ》を突っ張っている。あと少しでエクスタシーを迎えられるというのに、隆造はいつもこうやって焦らしつづけた。

生殺しのようなもどかしさに、あれほど慎み深かった芙美子の腰の動きが徐々に大胆になり、オスに催促する淫猥な動きへと変わっていった。

ぷっくりしている肉の豆を、隆造は包皮の上からゆっくりと揉みしだいた。芙美子は小鼻をふくらませた。

「ああ……いや……いや……して……」

すすり泣くような声が広がった。

「してるじゃないか」

「もっと速く……いきたい……ああ、いや……して。して」

芙美子に言わせたかった最後の言葉をようやく聞くことができた隆造は、オスの器官が甦《よみがえ》ったような快感を得た。

躰を脚の間に移すと、左の指で秘園を大きくくつろげ、肉の豆を揉みしだく速度を増した。

「ああう……もうすぐ……もうすぐ……くうっ！」

硬直した総身が、次に激しく痙攣《けいれん》した。花びらと翳りが、その一瞬、音を立てるように屹立《きつ》し、くつろげられた秘口が収縮を繰り返した。透明な蜜が会陰《えいん》を流れ落ち、長襦袢にも染みをつくっていった。

顎を突き出して口を開けた芙美子の眉間に、深い悦楽の皺が刻まれている。

気怠《けだる》さに、エクスタシーが治まっても芙美子はすぐには起き上がれなかった。脚を閉じる力さえ失《う》せ、人の字になっていた。

隆造は太腿《ふともも》の間に顔を埋めた。汗と女の匂いでむんむんしている秘芯の匂いを吸い込みながら、破廉恥《はれんち》な音をたててあふれている蜜をすすり上げた。すると、ふたたび芙美子の総身を絶頂の大波が駆け抜けていった。

法悦が治まってぴくともしなくなった芙美子に、隆造は白い脚を合わせ、ひらききった長襦袢の身頃を合わせてやった。

「この分じゃ、香を楽しむのは明日だな」

芙美子は隆造の声を遠くに聞きながら、そのまま深い眠りに落ちていった。


友昭は唐突にやって来た。修司が健在だったときからそうだった。修司の従兄弟《いとこ》の友昭は隆造の妹の息子だ。四年前に離婚して以来、ひとり暮らしをつづけている。

「ここに来るとあちこちに花があっていいな。芙美子さんが生けると雑草も形になるのが凄い」

「ふふ、雑草？　でも、この家には薔薇《ばら》の花より、芒や杜鵑草《ほととぎす》や吾亦紅の方が似合うでしょう？」

「芒ぐらいわかるけど、杜鵑草に吾亦紅ってどんなのだったかな。ともかく、芙美子さんが上手に生けるから様になるわけで、うちのお袋が芒やペンペン草を採ってきて生けたら、ガキのいたずらとしか思わないだろうな」

「まあ、酷《ひど》いことを言うのね。今ごろ、くしゃみをなさってるわ」

　芙美子は苦笑した。

　亡き修司とは祖父母が同じだけに、友昭にはどこかしら修司の面影がある。隆造とも輪郭が似ている。修司とは実の兄弟のように仲がよかった。今でも、伯父さん、芙美子さんと、人なつこい笑みを浮かべてやってくる。

「お仕事、あんまりさぼっちゃだめよ」

「そりゃないだろ？　営業ってのは深夜までかかることもあるかわり、こうやって早めに引き上げることもできるってわけだ。ようするに俺は要領がいいんだ」

　まだ五時前だというのに、友昭はしゃあしゃあと言ってのけた。

「朝御飯、ちゃんと食べなくちゃだめよ。ひとりだと御飯炊いたりしないんでしょう？　朝食がいちばん大切なのよ」

「まるでお袋みたいだな。いつからそんなことを言うようになったんだ？　伯父さんとふたりだけで暮らしてるからそうなるのか」

芙美子はうろたえた。隆造との関係を疑われているのではないかと不安になった。

「俺、何か悪いこと言ったかな？」

急に押し黙った芙美子に、友昭は怪訝《けげん》な顔をした。

「いえ……すぐお茶をいれるわ」

「ビールじゃだめかな？」

「気が利かなくてごめんなさい。ビールにするわ」

「俺って図々しいな。だけど、ここに来ると自分の家みたいな気がして落ち着くんだ。女房にも逃げられた厄介者の俺をやさしく迎えてくれるのは芙美子さんだけだからな」

おどけた口調で言った友昭に、芙美子は思わず苦笑した。不安が消えた。

友昭はうまそうに喉を鳴らしてビールを呑んだ。

「芙美子さんも呑めよ。たまには伯父さん抜きで盛り上がってもいいだろ？」

「もうじき戻ってくると思うわ」

「呑めよ。ふたりで呑んだ方がうまい」

「お義父様と呑んでちょうだい」

「しょうがないなァ。俺がグラスを持って来ないと呑まないのか。持って来てやるからつき合えよ」

立ち上がろうとした友昭を慌てて止めた芙美子は、自分で小さめのビアグラスを選んで持ってきた。

「よし、差しつ差されつか。スナックやクラブでメス狸《だぬき》に酌をしてもらうよりよっぽどいいや」

自分の横に芙美子を座らせた友昭は、機嫌よく芙美子のグラスにビールを注いだ。

「私、あんまり呑めないの。知ってるでしょ？」

一杯だけで目の縁をほんのり染めた芙美子に、友昭はむらむらとした。

ただでさえ芙美子はしおらしく色っぽい。着物の衿元から覗いているほっそりした白い首筋。衿を抜いたうなじから背中にかけての、ぞくりとするほどの艶《あで》やかさ。肉の匂い……。

未亡人になった芙美子は、以前より妖しい色香をたたえるようになっている。

「再婚、しないのか……」

「再婚なんて……考えたこともないわ」

急にまじめになった友昭に芙美子は戸惑った。

いまさら隆造と別れて暮らすことなど考えられなかった。隆造にはじめて恥ずかしいことをされたとき、芙美子はおかしくなりそうだった。死にたいとさえ思った。屋敷から出ていかなければと思った。けれど、いつしか隆造を待つようになっていた。隆造の男は機能しないが、こってりと辱められると、修司との営みのときより満足して疲れ果て、そのまま気を失ったように寝入ってしまう。

七十歳を過ぎたというのに、前立腺の手術をすれば機能は回復するかもしれないと言った隆造に、芙美子は男女の行為が必ずしも必要とは思わないと言った。自分のために隆造の躰にメスが入るのはいたたまれなかった。それに、やはり義父と躰を合わせる恐怖もあった。

隆造は芙美子のために手術するのではなく、不快な躰を治したいだけだと言った。しかし、いつしかその話は立ち消えになり、芙美子はほっとしていた。隆造の指と口だけで十分すぎるほど満足していた。

「好きな人、いないのか」

「修司さんが逝って、まだ一年半よ」

「もう一年半だ」

ふいに重苦しい空気が流れた。

「健康な女なら、一年半も男なしで暮らすのは辛いだろう？　結婚してたんだからよけい辛いはずだ。躰がおかしくなるだろう？　セックスなしで我慢できるはずがないよな」

人が変わったように血走った目をしている友昭に、芙美子は恐怖を感じてそそけだった。面と向かってセックスのことを言われ、裸体を見られているような屈辱も感じた。

「もう酔ったの……？　まだ一本空けただけなのに……」

「酔っちゃいないさ」

いつも微笑している芙美子の怯えた顔を見た友昭は、このしっとりと白い肌はどんなに素晴らしい感触だろう……芙美子はどんな声を上げるだろう……芙美子はどんな顔をして気をやるだろう……と、獣じみた血をいっそう激しく騒がせた。

身の危険を感じたのか、胸元に手をやってわずかに尻で後じさった芙美子を、友昭はすかさず押し倒した。

「いやっ！」

あらがう芙美子を全身で押さえつけた友昭は、薄い紅を塗った唇を強引に塞いだ。芙美子は首を振り立てた。汗ばんだ額やこめかみに数本のほつれ毛がへばりつき、いっそう芙美子を妖艶《ようえん》にした。

「やめてっ！」

芙美子があらがえばあらがうほど、友昭の抑制はきかなくなった。

紺色の紬《つむぎ》の着物の懐《ふところ》に手を入れ、ぬくぬくとしている乳房を探った。やわやわとしたふくらみに昂ぶり、つかみ出した。つきたての餅のように白くほっかりしたふくらみに、すでに反り返っていた肉茎がひくひくと痛いほどに反応した。

乳首を口に入れて吸い上げた。

「ヒッ!!」

芙美子は必死になって友昭の頭を押し退けた。すると、友昭は片手で重なり合った着物の布地をまくり上げた。

「いやあ！」

芙美子は恥ずかしさも忘れ、総身の力をこめて友昭を蹴り上げた。友昭が怯《ひる》んだ隙に急いで躰を起こした。

「帰って！　修司さんに恥ずかしくないの？　お願いだから帰って」

乱れてほつれた黒髪や、怯えた芙美子の顔は、いっそう友昭の獣欲を煽った。

「したいんだろ？　抱かれたくてたまらないんだろ？　その歳で我慢できるはずがないんだ」

友昭は肩を喘がせながら荒い息を吐いた。

「友昭さんとはだめ……だめなの」

「そんなに俺のことが嫌いか」

芙美子は首を振った。

「だったらいいじゃないか。俺は前から」

「来ないで！　これで死ぬわ！」

なおも近づこうとする友昭に、芙美子は床の間の違い棚に載せていた花鋏を手に取った。

芙美子の形相は真剣だった。

「修司はいないんだ。いない奴に死ぬまで操を立てるのか。どうしてそんな古くさいことを考えるんだ。修司だって俺が相手なら許してくれるはずだ」

「来ないでっ！」

花鋏を左胸に当てた芙美子に、友昭は痛いほど拳を握った。それから唇を噛み、逃げるように部屋を出ていった。

芙美子はその場にへたり込んだ。へたり込んだまま息をひそめていた。

「芙美子……」

背後からの唐突な隆造の声に、芙美子は仰天した。

「驚かなくていい。とうに帰っていたんだ。隣の部屋から全部覗いていた」

「どうして……どうして止めてくださらなかったんですか」

強引に躰を開かれそうになったところを見られていたと知ると、芙美子は屈辱と怒りで震えそうになった。

「あいつは陽気でいい奴だ。生まれたときから知っている。甥《おい》っ子だからな。離婚してひとりだし、きっと芙美子に惚《ほ》れてるんだ」

「でも」

隆造の口調が沈着なだけ、口惜しさがつのった。

「本当はあそこが火照ってるんじゃないのか。女のあそこは使っていないと粘膜が弱くなってできなくなると聞いたことがある。たまには男に抱かれることも必要なんだ。だから」

「いやっ。いやです。いつも私に恥ずかしいことをなさっておきながら、友昭さんとそんなことができるはずがないじゃありませんか。そんなことをおっしゃるなら、もう二度とお義父様にかわいがっていただくわけには参りません。友昭さんにも二度とお会いするわけにはいきません」

芙美子は鼻頭を染めて悔しさを訴えた。

「香を炷こう。シャワーを浴びておいで。今夜は白い長襦袢がいい」

「いやです」

「いやならくくってもいいんだぞ。今夜はどうしても伽羅の香りを聞きたいんだ。すぐに戻っておいで」

穏やかな口調のなかにも有無を言わせぬものがあった。

隆造は地袋を開け、香立や上等の伽羅のスティックを出しはじめた。

「シャワーがいやなら、そのままの躰でもいいんだ。私にとっては汗ばんだ躰は何よりのご馳走《ちそう》だからな」

隆造は芙美子に背を向けたまま言った。

芙美子はよろよろと立ち上がり、浴室に向かった。


いつものように長襦袢を肩から羽織らせただけの芙美子を床柱の前に立たせると、隆造は自分の手で肩幅ほどに白い脚をひらかせた。黒い翳りがさわさわと震えているようだ。

鶴亀の浮かぶ白く光る綸子《りんず》の長襦袢に合わせて白い香立を選んだ隆造は、それを芙美子の脚の間に置いた。そして、線香ほどの長さの質のいい伽羅のスティックに火をつけた。

「終わるまでじっとしていないとお仕置きだぞ」

青白い煙が立ち昇りはじめ、芙美子の太腿をゆらりと這い上がり、秘園を辿《たど》り、白い肌と綸子の長襦袢を、目に見えない芳香で包み込んでいった。同時に、伽羅の香りは部屋中に満ちていった。

隆造は芙美子の立っている二メートルほど手前に胡座《あぐら》をかいて、純白の絹地に包まれた清純な総身を眺めていた。

芙美子は恥ずかしさと緩慢な時の流れに、じっとしていることができなかった。足指を擦り合わせては、両手の拳《こぶし》を握ったりひらいたりして気を紛らせようとした。隆造と目が合うと、慌てて睫毛を伏せた。

友昭の強引な行為を止めようとしなかった隆造の気持ちが理解できなかった。長い方のスティックに火をつけられただけに、じっとしていなければならない時間も長くなる。それだけ恨めしさと悔しさがつのっていった。隆造に深い愛情を感じるようになっているだけに、沈着すぎる隆造を困らせてやりたいという思いが強くなった。

「もういや！」

芙美子は葛藤したあげく、ついに躰を動かした。香立から離れ、隆造に背を向けて座り込んだ。

「いやか。いやならこの家から出て行ってもいいんだぞ。芙美子が困らないだけのものは持たせてやる。役にたたない私なんかといっしょにいるより、友昭のような元気な男と暮らしたくもなるだろうからな」

相変わらず冷静な隆造の口から出てきた言葉に、芙美子は哀しみと歯ぎしりしたいような口惜しさを感じた。

「あと半年で修司の三回忌だ。それが終わったら……いや、その前でもいい。好きなようにしていいんだぞ」

故意に隆造が意地悪いことを言っているだけだと思っていた芙美子は、修司の三回忌のことまで口にされると、本気ではないかと不安に押しつぶされそうになった。好きなようにしていいと言いながら、隆造は出て行けと言っているのではないか……。芙美子は鼻孔が熱くなった。

「お義父様、嫌いにならないで……私を嫌いにならないで……ずっとここに置いてください。お義父様……」

隆造の前にいざり寄った芙美子はすすり泣いた。

「どうして芙美子を嫌いになるんだ。ずっとここにいていいんだ。だけど、芙美子は香を炷き終える前に動いたんだ。それに、もういやだと言ったじゃないか」

「いやじゃない……いやじゃないんです」

「じゃあ、約束のお仕置きは覚悟してるんだな？」

芙美子はこくっと喉を鳴らしてうつむいた。

「どうなんだ？　お仕置きがいやならここには置いてやれないな」

「お義父様、ここにいたいの。ずっといたいんです」

芙美子は隆造にすがりついた。

「だったら、さっきのように香立を跨《また》いで立って、自分の指で慰めるんだな。私に気をやるところを見せてもらおうか」

芙美子は、はっと息を呑んだ。すでに隆造に命じられて、何度もその恥ずかしい行為を見られている。それでも、決して慣れることができない恥辱の行為だ。

「いやならいい。まだ早いから碁でも打ちに行ってくるか」

「待って！」

立ち上がろうとした隆造を引き留め、芙美子は床柱の前に立った。さっきのように肩幅ほどに脚を広げて香立を跨ぎ、震える手を下腹部に置いた。

「芙美子の花びらやオマメが見えるように、そこをよくひらいて見せてくれないか。ひらいたままにしてごらん」

芙美子の全身が火照った。火の玉になったように熱かった。芙美子は首を振り立てた。こっそりと隠れてする恥ずかしい行為を、隆造は目の前でしろと命じている。どんな決意で立っているのか隆造は知っているだろうか。それなのに、さらに恥ずかしいことを口にした。

「芙美子が自分でするときのその顔は、とてもかわいいんだ。さあ、うんと大きくひらいてしてごらん」

「いや……そんなのいや……」

「これが最後だぞ。よく見えるように大きくひらいて慰めるんだ」

これが最後という言葉に、息苦しくなるほど芙美子は狼狽《ろうばい》した。

（最後なんていや……もう私を可愛がってくださらないの……？　でも……言われたとおりにすれば、きっと破廉恥な女だと言ってお嫌いになるのよ……）

許してくださいと言うように、芙美子は哀れな目で隆造を見つめた。だが、穏やかだった隆造の目がわずかに険しくなった。

芙美子は唇をかすかにあけて喘いだ。左手で翳りの載った陰唇を大きくVの字にくつろげ、右の人差し指を肉の豆に押し当てた。

「お義父様、ごらんになって……芙美子はこんなに恥ずかしい女です……こんなに……でも、嫌いにならないで……ああう……ここにずっと置いてください。ずっと……」

恥ずかしさのあまり、総身を桜色に染めながら、芙美子は白い指をたおやかに動かしはじめた。

丸く揉みしだいていると、すぐに秘園全体がぬるぬるとしてきた。

（お義父様が見てらっしゃるわ……どうしてこんな恥ずかしいことばかりおさせになるの

……こんなことを見られるなんて……修司さんにも見せたことがなかったのに……自分のオユビでこんなことをしろなんて……）

体温が上昇していく。じっとりと汗が滲んでいく。息が乱れた。

「あう……」

きれいに整えられた弓形の眉を寄せる芙美子は、ぬらりと光る唇のあわいから、白い歯を妖しく覗かせながら喘いだ。

「いやいや……こんなことさせないで……ああう……もうすぐ……もうすぐいきます……」

内腿を突っ張り、真っ白いシルクのような喉を見せて喘ぐ芙美子は、ぶるぶると脚を震わせはじめた。ほっそりした指の動きが速くなった。

跳ねたように硬直した芙美子が絶頂を極めて打ち震えた。銀色に輝く蜜がしたたり落ちていった。

隆造は崩れそうな芙美子を休ませず、そのまま綸子の長襦袢を羽織らせた。

「一からやり直しだ。今度動いたら、もっと恥ずかしいお仕置きだからな」

ぐっしょり濡れている秘芯を一度だけ舐め上げた隆造は、香立に新たに立てた伽羅に火をつけ、芙美子の手前に胡座をかいた。

恥ずかしいことをしたあと、ふたたび屈辱の儀式をやり直させられ、隆造の視線に犯されることで、芙美子は恍惚とした。それだけで、ふたたび法悦を極めそうな気がした。

隆造を喜ばせるための、そして、隆造を待つための、気が遠くなるほど長い時間だった。

「香は伽羅に限るな。たとえれば宮人のごとしか。確かにそんな気がする。さあ、おいで」

立ち昇る煙が途絶えたとき、隆造は今にも崩れ落ちそうになっている芙美子を呼んだ。

隆造は胡座をかいたまま、自分の前に立った芙美子の秘芯に指を当てた。

「いつもより濡れてるな。こんなに濡れているのは、友昭がしようとしたことを思い出したからだろう？　それとも、自分の指で気をやったときのことを考えていたか」

「いやっ。おっしゃらないで……」

芙美子は恥ずかしさと恨めしさに、総身で身悶えた。

隆造は秘園に顔を近づけた。二度も焚き込められた伽羅によって、芙美子自身が香木のようになっている。

「世界でたったひとつしかない香りだ。伽羅と芙美子のここの匂いが混ざり合って、きっと、あの有名な蘭奢待《らんじゃたい》などよりいい匂いだろう。芳《かぐわ》しくて淫らな匂いだ」

隆造はぬめついた花びらをくつろげ、芙美子が自分の指で慰めた秘園を観察した。

「友昭のものを受け入れればよかったんだ。この指よりよかったかもしれないぞ」

すでに蜜液をあふれさせている秘芯に、隆造は人差し指と中指を押し込んだ。

切なげに喘いだ芙美子は、隆造の肩に手を置いた。

「伽羅の香りが消えて芙美子だけの匂いになるまで、今夜も寝かせないからな。二本も炷いたんだ。そう簡単に伽羅の香りは消えないぞ」

隆造の指が肉襞《にくひだ》を確かめるように卑猥に動いた。

「友昭に抱かれてみろ。遊びじゃないはずだ。芙美子のことが好きなんだ」

「もういや……言わないで……はああっ……友昭さんとお会いするわけにはいきません。もう決してお会いするわけには……」

たとえ友昭の愛が真剣だとしても、芙美子はいまさら、隆造との淫らな時間を断ち切れるとは思えなかった。

「いつか友昭に抱かれてみろ。友昭にならいい。健康な友昭に抱かれる芙美子を見たら、嫉妬に狂うだろうか。いや、もっとおまえが愛《いと》しくなるはずだ。友昭のものは、この二本の指よりもっと太いぞ。こんなふうにもっとな」

いったん二本の指を出した隆造は、それに薬指も添えて熱い女壺に押し込んだ。

「くううっ」

芙美子は顎を突き出した。

つい今しがたまで、友昭とは二度と会ってはいけないと思っていたが、隆造に抱かれるようにと言われ、いつもより卑猥に指を動かされると、芙美子は友昭に抱かれなければならないのだと思うようになった。

子宮に届くほど深く押し込まれた隆造の三本の指は、いつもよりねっとりと肉襞のなかで蠢《うごめ》いている。

芙美子だけの持つ悩ましいメスの匂いは、宮人のごとしとたとえられる伽羅の香りさえも退け、隆造の淫らな指の動きとともに屋敷中に香りたっていくようだった。

刻《とき》

都内の洒落《しゃれ》たラブホテルに比べると古めかしくて若者受けしそうにもないが、安藤と琴水《ことみ》は、いつしか郊外の、このホテルばかり利用するようになっていた。

一戸建で独立しており、建物ごとに一台分の駐車スペースもついている。隣室を気にする必要がなく、ふたりだけの空間を実感できたし、五、六時間いても、たいした金額にはならない。まわりに人家などもほとんどなく、出入りのときも人目を気にする必要がなかった。

キーを差し込んで玄関に入ると、廊下とは言えないほどの狭い板の間があり、右手に和室、正面に浴室、左手にトイレがついている。和室の奥がカーペット敷きの寝室になっていた。

すぐに浴室のバスタブに湯を放ってきた安藤は、いつものようにお茶をいれようとする琴水を、唐突に押し倒そうとした。

「せっかち」

「いいじゃないか」

「だめ」

五十路《いそじ》を過ぎた安藤は、一回り以上も年下の琴水を強引に組み伏せようとした。

「いやっ！　しないで！」

琴水はスカートに手を入れようとする安藤を本気で拒み、畳に押し倒されないように抗《あらが》った。

「乱暴にしないで！」

「乱暴にしたいんだ！」

レイプするように荒々しい息を弾ませながら組み伏せようとする安藤に、琴水は全力で抵抗した。

車のクーラーは効いていたが、安藤に会うまでに汗をかいている。風呂に入ってきれいになってから抱かれたかった。いっしょに食事をすることはあっても、こうしてホテルに入るのは、月に一度か二度だ。それで安藤は欲求不満になっているのかもしれないが、ここまできたからには、あと十分か十五分我慢すればいいことだ。

スカートの裾《すそ》が破廉恥に捲《めく》れていた。

琴水は安藤を押しやり、立ち上がって逃げた。安藤は琴水の腕をつかみ、ぐいっと唇を押しつけた。朝剃《そ》ってから伸びてきたのか、針のように硬い髭《ひげ》が、やわらかい琴水の口辺を容赦なく刺した。琴水は顔を顰《しか》めて唇を閉じ、舌を入れさせまいとした。

唇を押しつけたまま、安藤はスカートに手を突っ込み、ショーツに手を掛けた。琴水は太い安藤の手首を握って、必死でその手を押し退《の》けようとした。

これまで安藤とは何度も躰《からだ》を合わせてきたが、レイプもどきで抱かれるのは嫌だった。乱暴に抱かれたくないという思いが激しい抵抗になった。

「いや！」

首を振り立てて唇を離した琴水は、肩を喘《あえ》がせながら叫んだ。それでも安藤は力ずくでショーツを脱がせようとした。

琴水は安藤の胸を両手で力いっぱい押し退けると、寝室に逃げた。

肩で喘いでいる安藤は、そこに立ったまま琴水を見つめると、数秒後、ようやく脱衣場で服を脱ぎ始めた。

無言の安藤に琴水は後味が悪かった。悪いことをしたような気がした。けれど、シャワーを浴びないまま、畳の上で抱かれたくはなかった。きれいになった躰を、白いシーツの上でやさしく抱かれたかった。

寝室と浴室の間は、ラブホテルらしく透明なガラス戸で仕切られている。バスタブから湯が溢《あふ》れているのが見えた。裸の安藤が湯に浸《つ》かると、大量の湯が一度に溢れ出した。

琴水は汗ばんでいたが、心は冷えていた。

安藤へのかつての情熱はどこに行ったのだろう。もし、以前のような情熱があれば、強引に挑もうとする安藤の意のままに、シャワー前の躰を畳の上で自由にさせていただろう。

四年前、安藤は琴水が看護師として働いている総合病院に十日ほど入院したことがあった。琴水は当時三十二歳で、三年ほどつき合ってきた医師との不倫にピリオドが打たれて半年ほど経《た》っていた。安藤は離婚して、大学に入学したばかりの息子とふたり暮らしだった。

琴水と安藤は急接近し、安藤の退院後に本格的なつき合いがはじまった。

琴水は安藤と同居している大学生の息子を思いやり、安藤の家に行くことはほとんどなかった。

琴水は病院のすぐ近くのマンションを借りていたが、同僚達も数人入居しているだけに、噂《うわさ》になるのがいやで、安藤を部屋に入れることは数えるほどしかなかった。ふたりの秘密の逢瀬は、都内のホテルから、いつしか郊外のラブホテルになっていた。

夜勤もある琴水は多忙で、なかなかまとまった時間をつくることができない。

安藤はインスタント食品やチルド食品を扱っている鳥海食品の経理部に勤めていた。

外で会うようになったふたりは、種がはじけたように、またたくまに燃え上がっていった。

琴水は一カ月の自分のスケジュール表を安藤にコピーして渡した。食事の可能な日やホテルに行けそうな日に、いっしょに丸印をつけていくのも楽しみだった。毎日のように時間を見つけては電話で話した。いくら話しても話は尽きなかった。

ホテルに入ると激しく抱き合って、狂おしいほどの口づけを交わした。シャワーに入る前の躰を愛したいと言われれば、琴水は嫌われないかと危惧《きぐ》しながらも、最後は安藤に従った。

羞恥に身悶《みもだ》えしながら太腿《ふともも》を押し上げられ、そこに舌や唇をつけて愛されるとき、『ね、嫌いにならない？　嫌いにならないで……』

琴水は喘ぎながら、蜜を吸う安藤に向かって、何度も繰り返した。

琴水は安藤の息子が社会人になったら、結婚してもいいと考えるようになった。だが、安藤の方は、結婚はこりごりだと言っていた。今がベストのつき合い方だと言われるたびに、琴水は愛されていないのではないかと、一抹《いちまつ》の淋《さび》しさに包まれた。

春に安藤の息子は社会人になった。安藤はこれで子供から自由になれると、ほっとしているようだった。そして、結婚のことを口にすることもあった。だが、今度は琴水の方に心境の変化が起こっていた……。

湯船に浸かっていた安藤がふっと振り返り、寝室から浴室を覗《のぞ》いている琴水に気づくと、笑みをつくって手招きした。

激しく拒んだことで気分を害されているのではないかと、気まずい思いがしていたときだけに、琴水は笑みをつくって頷《うなず》いた。

和室で服を脱ぎ、背もたれつきの座椅子《ざいす》に服を掛けた琴水は、浴室入口の洗面所の大きな鏡に一糸まとわぬ姿を映した。

子供を産んだことがない三十六歳の躰は、まだ乳房もツンと漲《みなぎ》り、腰もくびれている。スリムな躰だが、二十歳前後の女とはちがい、全体にやさしい丸みがつき、甘く熟していた。

仕事のとき以外は肩まで下ろしているゆるいウェーブのかかった髪を、琴水は風呂に入るために軽く三つ編みにしてアップにし、後頭部にヘアピンで留めた。

浴室に入ると、いつも、まず安藤と向かい合って湯船に浸かる。すると、安藤の手が伸びてきて、抱き寄せられる。唇が近づき、舌が入り込んでくる。その一方で片方の手が乳房を確かめ、乳首をいじりはじめる。いつもと同じ行為がきょうも繰り返されていた。

琴水は硬い髭に、唇の周囲が傷つくような気がした。全身としては毛深くもなく、むしろ男としては薄い方の安藤が、これほど硬い髭だったと感じたのはきょうが初めてだ。強く唇を押しつけられているせいだろうか。

琴水も舌を動かしたが、安藤の行為にこたえるというより、この場を繕っているといった方がよかった。

　安藤が立ち上がった。肉茎が硬くなっている。それもいつものことだ。そして、やはりいつものように、安藤は琴水の口に剛直を押し込んだ。

　琴水は上向きになって白い喉《のど》を伸ばし、肉茎の側面に舌を這《は》わせた。裏筋をなぞり、亀頭を舐《な》め、鈴口に舌先を差し込んで捏《こ》ねるようにした。皺《しわ》袋が琴水の顎《あご》に触れている。

「うまいな……そんなにこってりやられると……すぐにいきそうになる」

　安藤は腰を突き出したまま、歯を食いしばった。琴水は早くこの儀式を終わらせたいために、熱心に肉傘の裏と鈴口を責めたてた。

　絶頂を極めそうになった安藤は、琴水の口から肉茎を出すと、ふうっと息を吐いて湯船に躰を沈め、先に出ていった。

「だめだ……もういい」

　ホテルに入ると、毎回必ず、安藤は風呂で琴水に口戯をさせる。だが、数十秒で限界になり、気をやることなくベッドに移るのが習慣のようになっていた。

　精液が好きではない琴水は、安藤が口戯で射精することがないのでほっとしていた。射精寸前の安藤が口中に精液をこぼさないのは、精液を飲めないと言った琴水をいたわってのことだと思っていたが、そのうち、年齢からして一度昇りつめてしまえばすぐには二度目が困難で、ベッドでの営みの方をより楽しむために、いったん我慢するらしいとわかってきた。

　琴水はいつもより長く湯船に浸かっていた。安藤と知り合ってから、ほかの男に抱かれていない。女盛りということもあり、月に一、二度の性の営みは、肉の渇きを潤すには必要最低限の回数だ。しかし、今、何か虚《むな》しい。安藤への愛が冷めているからだ。それでも、別れを切り出せないのは、安藤に死の匂いを感じるからだ。

（私が去ればあの人は自殺する……）

　具体的に口にされないまでも、琴水はそんな予感にとらわれていた。

　安藤がもっと遊び人なら、琴水はさほど悩まず、別れを切り出していたかもしれない。しかし、安藤は常々、玄人《くろうと》と遊ぶのは苦手だと言っていた。琴水に心底惚《ほ》れ込んでいるのがわかるだけに始末が悪かった。

　風呂から上がると、先にベッドに入っていた安藤は、掛け布団をめくって琴水を迎えた。

「いいものを買ってきた」

　すでに布団の中に隠し持っていた淫猥《いんわい》な道具を、安藤はいきなり琴水の顔の前に突き出して見せた。肉茎そっくりに形づくられた黒いグロテスクな玩具の側面から、ふたつの細い枝が突き出していた。

「これを琴水のあそこに入れて沈めると、これがクリトリスに当たって振動するんだ。こっちの細い奴はアヌスに入るんだ。三カ所をいっぺんに責められると、感度のいい琴水はすぐにいってしまうかな」

これまでも恥ずかしい道具を使われたことはあるが、女壺に沈めるだけの肉茎の代わりのものだった。それが、目の前の破廉恥な道具は、肉の豆や後ろのすぼまりまで責め立てる道具らしい。

琴水は看護師という仕事柄、男女の躰を見慣れているし、排泄《はいせつ》の手伝いをするのも仕事だ。だが、生きるための手伝いと、性を楽しむための破廉恥な行為はまったく別のものだ。排泄器官まで責めるという道具に、顔が火照《ほて》った。

「嬉《うれ》しいか」

「いやよ……そんなの、いや」

琴水は言葉と裏腹に、安藤がそれを使うことを許していた。

これまでの男は誰も道具を使ったりしなかった。それで満足だった。だが、安藤と知り合ってから、ときおり、いかがわしい道具を使われるようになると、破廉恥なことをしているという妖《あや》しい昂《たかぶ》りに、身も心もとろけそうになった。自分はこんなにも猥褻《わいせつ》な女だったのだと思い知らされる気がした。

「口でいやだと言っても、本当は使ってほしいんだろう？　これを見ただけで濡《ぬ》れてるんじゃないのか」

　琴水は首を振り立てた。

「うんと舐めてから入れてやる。前も後ろも舐めまわしてから」

「いやっ！」

　琴水は膝《ひざ》を固くつけて抗い、抵抗する快感に浸った。

　昔から琴水はベッドの上では本心とは逆のことを口にして抗い、それを強引に押さえつけられて愛されるのが好きだった。琴水は決して自分から積極的に男を迎え入れる女ではなく、被虐に酔う女だった。安藤と知り合う前に三年つき合った妻子ある医師も、いつも琴水の両手を押さえつけて躰を貫いた。

　逃げを装う琴水の太腿を、安藤は大きく押し上げた。

「あう！　いやっ！」

　琴水は叫びながらずり上がっていった。安藤の頭が中心に沈み、生あたたかい舌が、会陰から花びら、肉の豆に向かってねっとりと過《よ》ぎっていった。

　琴水は顎を突き出して声を上げ、総身を硬直させた。

　安藤のねちっこい口戯がはじまると、琴水はいつもされるがままに躰をひらき、喉が痛くなるほど声を上げてしまう。そこには看護師でもなく、女でもなく、一匹のメスしかいなかかった。

　これまでの誰より安藤の口戯は執拗《しつよう》だった。全体の器官を何度も舐め上げたあとは、一点を責め立てる。会陰を舌先でさんざんつついて舐めまわすと、花びらに移って一枚ずつ唇に挟んで揉《も》みたてたり吸い上げたりした。聖水口さえやさしく舐めまわした。肉の豆に舌が移るころには、琴水は汗まみれになり、何度もエクスタシーを迎えて法悦の波間を漂った。まだ太いものを挿入されていないにも拘《かか》わらず、花びらも肉の豆もぷっくりと充血していた。

「べとべとだ。琴水のここが嬉しい嬉しいと泣いてるぞ。早くいやらしいものを入れて下さいと言ってる。そうだろう？」

「いや……」

　何度も絶頂を極めてぐったりしている琴水は、記号になった言葉を出した。

「琴水のいやはしてなんだ。今度は後ろだ」

　ひっくり返された琴水は、また仰向けになろうともがいた。それを、真後ろから腰を掬《すく》い上げた安藤が、高々と尻《しり》を掲げて、ひくつく後ろのすぼまりに舌をつけた。その瞬間、短い声が押し出され、総身が硬直した。

　頭をシーツにつけたまま、琴水は排泄器官を舐めまわす安藤に、ときおりむずかるように尻をくねらせては、ぎゅっとシーツを握り締めた。屈辱と羞恥と快感はいつも隣り合わせだ。

紅梅色のすぼまりを舐めまわした安藤は、顔を離して真後ろから女の器官全体を見つめた。蜜で銀色にぬめ光っている黒い翳《かげ》りとその内側の淫《みだ》らさは、オスを獣にする光景だ。

だが、若者のように漲《みなぎ》っている肉柱を、安藤はすぐにそこに挿入しようとはせず、新しく手に入れた破廉恥な玩具の亀頭の部分を口に入れて唾液をつけ、まるで涎《よだれ》を流しているように蜜をしたたらせている猥褻な秘口に押し込んでいった。

安藤のものより太い男形が肉襞《にくひだ》を押し広げて入り込んでくる心地よさに、琴水は艶《つや》やかな喘ぎを洩《も》らした。だが、肉柱がある程度沈んだとき、そこから出ている細い枝が後ろのすぼまりに入り込んでいった。

「くっ……いや……後ろはいや」

気色悪さと羞恥に、琴水はなおさらシーツを強く握り締めた。

「前と後ろにいっぱいに頰張《ほおば》って、何ていやらしい格好だ」

ゆっくりと玩具を出し入れする安藤に、琴水は切ない声を洩らした。

もう一本の細い枝が、肉の豆をこすっていく。それだけでも総身がただれるように疼《うず》いているというのに、コードから伸びた電源のスイッチが入れられると、低い振動音とともに男形がくねりはじめ、二本の枝は振動をはじめた。

「あああっ！」

三カ所を同時に責められ、琴水はたちまち大きなエクスタシーに襲われて痙攣《けいれん》した。次々とやってくる激しい法悦は、快感と同時に苦痛も増長させた。

琴水は尻を振りたくって逃げようとした。玩具を抜いた安藤は、荒々しい息を鼻からこぼしながら、引きずり戻した琴水の後ろから、ぐいっと肉茎を打ち込んだ。

柔肉のあわいに剛棒が入り込んだ瞬間、琴水はふたたびエクスタシーに総身を打ち震わせ、眉間《みけん》に深い皺を寄せた。

「こんなに濡らして。そんなにいやらしいオモチャはよかったか」

腰を動かすたびに、恥ずかしい抽送音が広がった。

股間のものを猛《たけ》らせていた安藤は、さほど時間が経たないうちに昇りつめて果てた。

琴水の秘園は充血して赤くなり、蜜でねっとりと濡れていた。

「疲れた……」

結合を解いた安藤は大きな深呼吸をひとつすると、股間を拭《ふ》きもせず、そのまま目を閉じて眠りに落ちていった。それもいつものことだった。

琴水は気怠《けだる》い躰をそっと起こし、浴室で女園を洗った。浴室から眠っている安藤が見える。声を上げて何度も気をやったあとだというのに、琴水はやはり心が冷めているのを感じた。

あれほど愛していたのに……と、また琴水は思った。

安藤の仕事は残業もさほどなく、退社後は好きな本を読んで過ごすことが多いと言っていた。昔から書くことも好きなようで、年に一、二回は、若いときから所属しているという同人誌に趣味の小説を載せていた。

そんな何冊かを見せてもらった琴水は、素人とはいえない文章に感心し、才能がある男だと惚れ直した。しかし、そのうち、安藤が会うたびに死を口にするようになると、作品にも死の匂いがつきまとっていることに気づき、辟易《へきえき》するようになった。

安藤は自殺した作家のことに詳しかった。どういう思想を持ってどういう死に方をしたか、とくとくと話した。心中にはより興味があるようで、太宰の情死について語るときは、ひときわ熱がこもった。

『友人がふたりも自殺してるんだ。こんな世の中を見なくて済んだのは幸せかもしれないな。僕も長生きはしたくない。老いさらばえた姿なんか見せてまで生きる価値なんかないと思う』

死の匂いのする言葉を耳にするたびに、琴水の心は安藤から離れていった。

人はいくつになっても前向きの人生を歩むべきではないのか。琴水の勤める病院には死と向き合っている患者が大勢いた。あと数カ月と告知されても、なお精いっぱい生きようとしている者もいる。それに比べ、健康そのものの安藤が、長生きしたくないなどと口にすることには我慢できなかった。

琴水はそんなとき、ろくに返事もせず、無視していた。安藤と会うことに生き甲斐《がい》を感じていた恋愛初期に比べ、今は安藤と顔を合わせるのが憂鬱《ゆううつ》だった。

死を口にする安藤だが、性に対する欲求は強く、精力の衰えもなかった。射精のあとはさすがにすぐに回復するのは無理だったが、琴水とホテルに入れば、その時点で勃起《ぼっき》していた。それさえ当初は嬉しかったが、今では何の感慨もなく、定期的に惰性で抱かれているようなものだった。

琴水にもセックスは必要だった。未婚で美貌もあり、同僚からだけでなく、患者にも言い寄られることがある。だが、熱烈に恋愛しなければ、抱かれることのできない性格だった。

琴水は半年前から、これまでの営業マンと交代に病院にやって来るようになった製薬会社の沢井圭司に好意を持ち始めていた。

圭司は琴水よりひとつ年下の三十五歳で妻がいたが、本人の言葉では家庭生活がうまくいっていないということだった。琴水は妻子ある医師と恋愛してきたし、ひとりで生活していく自信もあった。好きな相手なら妻子がいてもかまわなかった。互いに迷惑がかからない大人の交際ができれば、無理に誰かと夫婦生活をするより、よほどましではないかと思うようになっていた。

圭司とは何度か食事をしたし、たまに喫茶店で話をするようになっている。一度、ホテルにも行った。けれど、安藤とつき合っていることで、圭司に抱かれることはできなかった。圭司に抱かれてしまえば、安藤を切ることができると思う反面、安藤に別れを告げれば、安藤は自ら死を選んでしまうのではないかという気がしていた。それが恐ろしく、だらだらと交際を続けていることもあった。

浴室を出た琴水は、寝息をたてている安藤の横にそっと躰を入れた。

セックスのあと、一、二時間、ときには三時間ほど眠ってからホテルを出るのが決まりになっていた。だから、ホテルに入るときは、ある程度の時間が必要だった。若者のように、一時間か二時間、その行為だけあればいいというのとちがい、ゆとりが必要だった。

都内で三時間の休憩というラブホテルもあるが、それでもふたりにはせわしなかった。代金が高いというより、時間に追われてそこにいるということがいやだった。部屋も狭いところが多かった。この郊外のホテルは朝の十時から夜の十時までの半日が、均一料金の休憩時間となっていた。安い上に精神的にもゆったりとできた。

眠りから覚めると、先に起きた安藤はシャワーを浴びたらしく、腰にバスタオルを巻いてソファに座り、煙草《たばこ》を吸っていた。

「いびきをかいてぐっすり眠ってたぞ」

「嘘《うそ》……喉が渇いたわ」

起きあがった琴水は素裸の躰に下着をつけ、ニットの半袖のセーターとスカートを穿《は》くと、冷蔵庫からウーロン茶の缶を出して、ふたつのグラスに半分ずつ注いだ。

「あなたがいつ起きたかぜんぜん気づかなかったわ」

「ずいぶん気をやってたもんな。クタクタになったか」

「いやな人……」

琴水はわざとそっぽを向いてウーロン茶を飲んだ。

「あれ、意外と高かったんだぞ。今度はどんなオモチャがほしい？」

「ばか……そんなことばっかり」

琴水が空になったグラスをガラステーブルに置くと、安藤は乱暴に琴水を引き寄せ、煙草臭い唇を押しつけてきた。

くぐもった声を上げて、琴水はもがいた。安藤を押し退けようとした。だが、琴水をソファの下に引きずり下ろした安藤は、ホテルに着いたときのように、レイプまがいに琴水を抱こうとした。

琴水を組み敷き、躰を伏せて押さえ込んだ安藤は、スカートに滑り込ませた手で一気にショーツを引きずり下ろした。

いつしか、安藤の腰のバスタオルは外れていた。

「いやっ！」

「もう一度したくなった。琴水を犯したい」

「いやっ！　乱暴にしないで！」

「他の男でも好きになったのか」

琴水は、はっとして動きを止めた。

ひょっとして安藤は圭司の存在に気づいているのではないか……。琴水はきょうの安藤の不自然な行為を思い起こした。

「そうなのか」

「私は忙しいのよ。看護師が足りないうえに、三交代で夜勤もあって、いつもクタクタなのはわかってるくせに。他の人とつき合う時間なんかないのもわかってるくせに」

琴水は何とか言い返した。

「つき合ってるなんて一言も言ってないぞ。他の男に気もそぞろじゃないかと思っただけだ」

「前の人とはきっぱり別れて、それからコーヒー一杯飲んでないわ」

心の奥を見透かされているような気がしたが、琴水は必死にごまかした。

「琴水は忙しい。だけどもてる。入院しているときにわかった。未婚で、俺のような離婚経験者でもないし、どんな奴から正式に結婚を申し込まれてもおかしくないさ」

安藤は精を取り戻している肉茎を、強引に琴水の秘口に押し込んだ。

「痛い！」

「すぐに濡れるさ」

琴水の両腕をがっしりと押さえ込んだ安藤は、奥まで沈めてしまうと、ゆっくりと抜き差しをはじめた。

下半身だけ剝かれた屈辱の姿で犯されながら、琴水は圭司の顔を浮かべていた。


「腹が減ったな。きょうは疲れた」

「帰るときまであんなことするから……強引ね」

ホテルを出て喫茶店でサンドイッチをつまんでいる安藤に、琴水は冷たい表情を隠さなかった。五十路を過ぎた男の精力の強さを誉めてやるより、怒りの方が先だった。

「女房もいないんだぞ。月に一度か二度しか琴水を抱けないんだ。あれくらい普通だろう？　琴水を見ると、すぐにムスコの奴がムズムズしはじめるんだ。琴水はよくそんな回数で我慢できるな。三十代と言えば、いちばんやりたい盛りじゃないか」

　むっとしているような安藤に、琴水は、やはりふたりの仲はおしまいだと思った。

　腹を満たしたあと、安藤は溜息《ためいき》をついた。

「日本の未来なんてないな……この不況、若い奴らの横暴さ……いや、日本全体が狂ってる……生きてるのがいやになる。長生きはしたくないもんだ。元気なうちにパッと逝けたらいいな」

　また始まった……と、琴水は苛立った。

「昔の日本は貧しかったけど、もっと活力があった。みんなの目は生き生きしていた。今はみんな死んでる。豊かすぎて不幸なんだ」

　ここ一、二年、安藤の口から、そういう発言が多く出てくるようになった。最初は頷いて聞いていたが、そのうち、愚痴に思え、うんざりするようになった。暗い言葉を聞くたびに、心が離れていく気がした。

　セックスに貪欲《どんよく》なように、もっと生き生きとしたことを話題にしてほしかった。梅雨どきのような鬱陶《うっとう》しさを感じる安藤と別れ、前向きで陽気な圭司との時間を大切にしたいと、またも琴水の脳裏に別の男の顔が浮かんだ。

「出会ったころは楽しかったな……今、いっしょにいても楽しくないんだろう?」

琴水の心の奥底を覗き込むように、安藤がぽつりと言った。


病院まわりが仕事の圭司は、いつも小奇麗《こぎれい》な格好をしていた。

この背広もネクタイも妻の選んだものかもしれない……。恋心がつのるたびに、琴水はそんなことを考えたりした。妻子ある医師との不倫のときは、決して結婚できる相手ではないと思っていたし、割り切ったつき合いでいいと思っていた。だが、圭司とは、いっしょに暮らせたら……と、思うことがあった。

『琴水が俺の子供を産んだら、どんな子になるのかなあ』

そんなさりげない言葉にもときめいた。圭司の子供なら育ててみたい。未婚の母でもいいが、できるなら家族として三人で暮らしたいと思った。

「ふたりきりになりたいな」

待ち合わせの書店で顔を合わせるなり、圭司は囁《ささや》くように言った。

「私も。だけど……」

「いやなら何もしやしない。こないだだってしなかっただろう？　ふたりっきりになりたいんだ。一時間でもいい」

誘われるまま、琴水はホテルに入った。

「琴水は年よりピチピチした躰をしてる。肌もきれいだし、たるみなんてまったくないし。女房は琴水より若いけど、子供を産んでるせいかダメだな。まあ、半年以上、女房とセックスなんてしてないけど」

「奥さんのこと、言わないで……」

「悪かった……なあ、きょうもダメか？　好きだ」

圭司に唇を塞《ふさ》がれると、琴水は若い娘が恋をしているように心が弾んだ。舌を絡めて唾液《だえき》を求めあっているだけで幸せな気持ちに包まれた。

キスをしながら圭司の手は乳房を揉みしだきはじめた。次に、下腹部に伸びた。

圭司とひとつになりたいと望んでいながら、脳裏から安藤の姿が消えず、琴水はその手を拒んでいた。

「もう少し待って……はっきりさせるから……今度こそあの人と別れるから……でも、怖いの……別れると言ったら自殺されるようで……」

琴水は安藤とつき合っていることも、その前に医師と不倫の恋をしていたことも隠さず圭司に話していた。

「またオクチでしてあげるから……それで許して」

琴水は圭司の反り返った肉棒をつかんでやさしくしごき立てたあと、躰を移してそれを口に含んだ。安藤のものを風呂で咥《くわ》えさせられ、冷めた心で愛撫するのとちがい、圭司のものは心底愛しかった。

根元まで咥え込むと、喉につかえるほどだ。頭を前後させながら側面に舌を絡めたり真空状態にしたりして奉仕しながら、皺袋も掌で揉みしだいた。圭司は肉傘に軽く歯を当てるようにしてしごいてやると感じる。

「琴水のフェラチオは……凄い……仕込んだ奴に嫉妬したくなる……だけど……口より、おまえのヴァギナでいきたい」

だめだというように首を少し振った琴水は、圭司が昇りつめるように、鈴口や筋裏を丁寧に愛撫しながら、唇をきつく閉じて側面をしごきたてた。

「琴水……いくぞ……そんなふうにやられると……もう……だめだ……うっ！」

大量の白濁液が琴水の喉に向かって噴きこぼれた。

それから一週間後、琴水の頭は真っ白になった。

安藤が交通事故に遭い、脳挫傷《のうざしょう》で即死した。横断歩道ではないところを渡ろうとして不幸な結果になったというが、琴水は自殺にちがいないと動転した。

安藤は琴水の勤める病院の近くの歩道で事故に遭い、救急病院でもある琴水の病院に運ばれてきたのだ。何もかもが計画的だったような気がした。

最後に会った日のことが、何度も脳裏をくるくるとまわった。

あのとき、自分の死を予感して、あるいは計画していたために、安藤はいつもとちがう強引な行為に及んだのではないだろうか。

『出会ったころは楽しかったな……今、いっしょにいても楽しくないんだろう？』

喫茶店での言葉は、琴水のもうひとつの時間に気づいたうえでの発言ではなかったのか……。

琴水は安藤が頻繁に死を口にするようになったので心が離れていったと思っていたが、もしかすると、琴水の心が離れていくのに気づいてから、暗い発言をするようになったのではなかったのか……。

琴水は安藤がいなくなると、硬い髭や猥褻な口や舌、指の感触などを思い出して泣いた。もっとやさしくしてやればよかったと後悔した。安藤は琴水を深く愛してくれていたのに、自分は圭司という別の男に心を移したのだとも思った。安藤を殺したのは自分だという気がして、琴水は罪の意識におののいた。

　安藤の死をきっかけに、あれほど夢中になりかけていた圭司への思いが冷めていくような気がした。自分が本当に愛していたのは安藤だったのだ。二度と巡り合うことができない大切な人を失ってしまったのだ。あれほど恥ずかしい玩具でいたぶってくれる男は二度と出てこないだろう。鬱陶しくてならなかった男だというのに、今はすべてが懐かしかった。もう一度生き返ってほしいと思った。会いたかった。

「何もしないとわかっていても、ホテルには行きたくないの……」

　安藤の死を知った上でホテルに誘う圭司に、琴水はこれまでになくきっぱりと断った。

「こんなところで話すより、ふたりでお茶でも飲みながら、ゆっくり話す方がいいだろう？そんな顔してたら、俺が泣かせてるみたいじゃないか。なあ、ふたりきりになれるところに行こう。いくらでも話は聞いてやるから」

　会ったときから目を腫《は》らしている琴水は、喫茶店で安藤のことを話しながら、また涙を流しはじめていた。

「ここじゃ、思いきり泣けないだろう？　泣きたいなら、いくらでも泣けよ。だから、行こう」

伝票を持って立ち上がった圭司に、琴水もあとを追った。

「風呂に入るか？」

琴水は首を振った。

「私が殺したの。私が冷たくしたから、あの人は自殺したの。あの人は薄々気づいていたのよ、私にほかに誰かいるってことを。あの人には私が必要だったの。でも、私はあの人のことを考えてあげられなかった。私が殺したの」

琴水は一気に喋《しゃべ》って啜《すす》り泣いた。安藤が逝ってから、何度も圭司に電話で話したことだ。

「事故だって結果が出てるじゃないか。そう自分を責めるなよ」

「事故じゃないわ。どうしてわざわざ私の病院の近くで事故に遭うの？　あの日、私と会う約束はしてなかったわ」

「他の女に会うために急いでいたのかもしれないじゃないか」

「そんなことはないわ。もうあなたとも会えないわ。こんなことになって、あなたとつき合えるはずがないでしょう？　私にはあの人が大切な人だったってこともわかったの」

「別れたいと言ってたじゃないか。こんなことが不意に起きて、愛が甦《よみがえ》ったと錯覚してるだけだ。錯覚だ。錯覚なんだ」

「錯覚じゃないわ！」

安藤が甦ったら結婚するだろう。もっとやさしくしてやるだろう。琴水は二度と会えなくなった安藤が愛しくてならなかった。

「見ろよ。これは琴水に見せるつもりはなかった。こんなことにならなければ、自分だけの胸にしまっておくつもりだった。俺は琴水のつき合っていた男を、もっとよく知りたかったんだ。興信所をやっている友達と久々に会って話していたら、向こうから二、三日なら実費だけでやってやるからと言われて、それで、琴水の彼がどんなアフターファイブを送っているんだろうと興味を持って頼んだんだ。亡くなる十日ほど前の写真だ。フィルムの方を見れば、前後にその日の新聞が写してあるから、日にちもはっきりとわかる。琴水が彼を殺したのは自分だと責めているから、事故じゃなくて自殺だと言うから、だから見せるんだ。琴水の今の辛《つら》さを何とかしてやりたいんだ。意地悪い気持ちからじゃない。それだけはわかってくれ」

ブリーフケースから出された封筒には、何枚もの写真が入っていた。

安藤が若い女と手を繋《つな》いでいた。ホテルに入っていくところ、出るところ、食事しているところ、どれも楽しそうに笑っていた。別の日も、安藤はその女といっしょだった。

琴水に安藤の不意の死以上のショックが駆け抜けていった。最後に琴水と郊外のホテルに入った数日前のものだ。

「彼にも別の女性がいたんだ。ホテルに入っても、俺達のようにセックスはしなかったかもしれないなんて、このふたりを見て、そんなことは考えないだろう？　彼も最後まで琴水が好きだったかもしれない。でも、ふたりは別々の人生を歩き始めていたところだったんだ。彼は自殺じゃない。たとえそうだとしても、琴水に何の責任があるんだ。俺は琴水が好きだ。こんなふうに哀《かな》しませたくない。今まで琴水の気持ちを思って抱かなかった。だけど、今夜は抱く。琴水が俺を拒んだとしても抱く」

まるで、最後に安藤がしたように、圭司は服を着たままの琴水を押し倒して組み敷いた。最初は抗った琴水も、あとは圭司の思いのままに服を剝がされ、躰をひらかれていった。

安藤に別の女がいたという事実を突きつけられ、自分のせいで死んだのではないという救いが仄《ほの》見えたはずだが、安堵《あんど》の気持ちはなかった。むしろ、安藤に裏切られたという思いと、若い女への嫉妬に苛《さいな》まれた。

「綺麗だ……」

乳首を口に含んだあと、圭司は太腿を押し上げた。シャワーを浴びていない秘園を晒《さら》されても、琴水は拒まなかった。

「きれいな花びらだ……オマメが可愛いんだな」

指で玩《もてあそ》んだあと、圭司の唇がそこにつけられた。

声を上げた琴水は胸を突き出して身悶えた。

安藤を愛していた、大切な男だったと思い詰めていたのは、圭司が言うように錯覚だったのだろうか。若い女といっしょにいるときの楽しそうな安藤の顔。琴水と最初に出会ったころの顔だった。琴水を失いたくないと思いながら、離れていく琴水を知って、安藤は別の女にふっと気を許し、新しい一歩を踏み出そうとしていたのだろうか。

あの最後のセックスは、琴水を試すためだったのだろうか。強引に組み敷いてコトを終えた安藤は、琴水がどんな態度をとるか、最後の賭《かけ》に出たのだろうか。そして、琴水の心が完全に離れているのを悟ったのだろうか。

獣のように琴水を抱いたあの数日前に、写真の若い女を抱いたのかもしれないが、それでも琴水への思いをまだ断ち切ることができずにいたのではないだろうか……。

安藤は大きな疑問を残したまま逝ってしまった。

最後まで愛されていた気もするし、とうに若い女に心変わりしていたような気もする。安藤は安藤で、ほかに男がいないと言う琴水に、別れを切り出せなかったのかもしれない。何が真実か、琴水にはわからなかった。おそらく、時が経つほどに事故か自殺かさえも、いっそうわからなくなってくるような気がした。

「琴水、どうしたんだ……俺より死んだあいつの方がいいのか？　あいつのことが忘れられないのか……」

顔を上げた圭司の顔が哀しげに映った。

「私はあの人の最後の女になりたかった……最後まで私だけを愛してほしかった……だけど、圭司のことが好き……抱いてほしかった……だから、あの人ときれいに別れられるならと思ってたわ……私の言ってることはおかしい？　私は欲張りな女なの？」

琴水の目尻から涙がこぼれた。

「琴水はあの人の最後の女さ。きっと、写真の女は遊びだ。でも、琴水に自分を責めてほしくないんだ。あの人との時間は終わった。もう同じ時間を共有することはできないんだ。琴水と俺の時間は続いている。俺達は時間をこうして共有できる。琴水にはこれからの時間を大切にしてほしいんだ」

圭司の剛直が、琴水の柔肉を押し開きながら、女壺の奥へと沈んでいった。

「これが俺達の新しい時間だ」

紙一枚の隙間《すきま》もないほどに、ふたりは密着した。

（さよなら……）

琴水は安藤に別れを告げた。

圭司が言うように、安藤と自分達は、決して共有できない別の時間を生きはじめたのだ。長生きはしたくないと言っていた安藤は、やっと平安の地を見つけて微笑しているのかもしれない。

「うんと恥ずかしいことをして……奥さんにもしないような恥ずかしいことをして」

掠《かす》れた声で囁くように言った琴水は、乳房が潰れて痛くなるほど強い力で圭司の背中を抱きしめていた。

この作品は二〇〇〇年二月実業之日本社より
刊行された『花雫』を改題したものです。

幻冬舎アウトロー文庫

●好評既刊
愛の依頼人
藍川　京

京都の古刹《こさつ》を訪れた東京の弁護士・辻村《つじむら》は、本堂で出会った和服の美人・沙羅《さら》と食事の約束をし、部屋に誘った。夫の浮気に悩む人妻のすべてを剝ぎ取りたい——四十八歳、男の性の冒険が始まる。

●好評既刊
人妻
藍川　京

高級住宅地の洋館に呼ばれた照明コンサルタントの白石珠実は和服の美人・美琶子に突然、服を脱がされた。乳首を口に含まれ、ずくりと走る快感。その一部始終を美琶子の夫が隣室から覗いていた。

●好評既刊
継母
藍川　京

自分と五つしか違わぬ二十六歳の美しい女が父の後妻になった。盗み見た寝室。喜悦の声を上げ父に抱かれていた。だがいま憧れの裸体が目の前にある。「二人だけの秘密を持とう、継母さん」

●好評既刊
たまゆら
藍川　京

女流官能作家の霞は、画家の神城と出会う。二人は恋文を何度も交わし、やがて過激な愛の世界に。が、愛しても愛しても物足りない——。大人の性愛の日々が燃え尽きるまでを描いた官能小説。

●好評既刊
三姉妹
藍川　京

母を慰み者にされ殺された孤児・邦彦の、実父・芦辺への復讐劇。芦辺の美しい娘たちを凌辱、監禁し、芦辺と妻を誘きよせた。母が受けた辱めのすべてをお返ししてやる！　衝撃の官能ミステリー。

GENTOSHA OUTLAW BUNKO

夜《よる》の雫《しずく》

藍川京《あいかわきょう》

平成21年4月10日　初版発行

発行者――見城　徹

発行所――株式会社幻冬舎

〒151-0051東京都渋谷区千駄ヶ谷4-9-7

電話　03(5411)6222(営業)

　　　03(5411)6211(編集)

振替00120-8-767643

印刷・製本――中央精版印刷株式会社

装丁者――高橋雅之

幻冬舎アウトロー文庫

ISBN978-4-344-41300-9　C0193　　O-39-21